L'héritier des Morelli

ANNE MATHER

L'héritier des Morelli

Traduction française de
LOUISE LAMBERSON

AZUR

HARLEQUIN

Collection : Azur

Titre original :
MORELLI'S MISTRESS

Ce roman a déjà été publié en 2017

HARPERCOLLINS FRANCE
83-85, boulevard Vincent-Auriol, 75646 PARIS CEDEX 13
Service Lectrices — Tél. : 01 45 82 47 47 - www.harlequin.fr
ISBN 978-2-2804-8623-1 — ISSN 0993-4448

Composé et édité par HarperCollins France.
Imprimé en décembre 2022 par CPI Black Print (Barcelone)
en utilisant 100% d'électricité renouvelable.
Dépôt légal : janvier 2023.

FSC
www.fsc.org
MIXTE
Papier issu de
sources responsables
FSC® C159065

Pour limiter l'empreinte environnementale de ses livres, HarperCollins France s'engage à n'utiliser que du papier fabriqué à partir de bois provenant de forêts gérées durablement et de manière responsable.

Prologue

Luke la remarqua dès qu'il entra dans le bar à vins.

Assise sur un haut tabouret, un verre plein d'un liquide rose à la main et dont émergeait une minuscule ombrelle multicolore, elle regardait devant elle, apparemment indifférente au brouhaha et à la musique jazzy qui emplissait la salle bondée.

— Pas mal, dis donc ! s'exclama Ray Carpenter en posant la main sur l'épaule de Luke. Tu crois qu'elle est seule ?

Luke secoua la tête.

— Tu as sans doute raison, reprit son compagnon, elle est trop charmante pour ne pas être accompagnée…

— Sûrement, répliqua machinalement Luke.

Soudain, il regretta d'être avec Ray. Mais, comme ils venaient de terminer les plans de leur dernier projet de lotissement, il aurait été grossier de refuser son invitation.

C'était Ray qui avait choisi cet endroit ; de son côté, Luke aurait préféré aller au pub situé en face de leurs bureaux, à Covent Garden. Mais Ray avait insisté, disant qu'il fallait fêter ça…

À cet instant, la jeune femme tourna la tête et les aperçut. Son regard croisa celui de Luke, qui la contempla quelques instants en retenant son souffle. Puis il s'écarta de son associé et s'avança vers elle.

L'inconnue était ravissante et grande à en juger par

ses longues jambes sagement croisées. Cheveux blond platine, beau visage ovale, yeux bleus, nez droit et fin, lèvres sensuelles...

Une écharpe diaphane drapait ses épaules et le haut de son buste, laissant entrevoir un haut sans manches noir, qu'elle portait avec une courte jupe rouge, un collant noir et des chaussures à hauts talons, noires elles aussi.

— Bonsoir, commença Luke en s'arrêtant devant elle. Je peux vous offrir un verre ?

La jeune femme souleva son cocktail sans regarder Luke.

— J'en ai déjà un.

Auquel elle n'avait pas touché, remarqua-t-il.

— Très bien.

Il dévisagea le type avachi sur le tabouret voisin. Un ivrogne, probablement, à en juger par le nombre de bouteilles de bière vides posées devant lui sur le bar.

— Vous êtes seule ?

Elle tourna les yeux vers lui, une légère moue aux lèvres.

— Non. Je suis avec des amies, répondit-elle en désignant un groupe de femmes évoluant sur la minuscule piste de danse.

Après un léger haussement d'épaules, elle ajouta :

— C'est un enterrement de vie de jeune fille.

— Et vous n'avez pas envie de danser ?

— Non.

Après avoir repoussé la petite ombrelle piquée dans une rondelle de kiwi de l'autre côté du verre, elle porta celui-ci à ses lèvres et avala une brève gorgée du liquide rose clair.

— Je ne danse pas.

— Même si je vous invite ? demanda Luke.

— Je ne suis pas d'humeur à danser, répliqua-t-elle en contemplant son verre. Écoutez, vous ne voulez pas

aller bavarder avec quelqu'un d'autre ? Je crains de ne pas être de très bonne compagnie.

Elle se tourna vers la piste.

— Posez la question à la fiancée : elle vous confirmera que je suis le rabat-joie de la soirée.

— Si vous le dites, répliqua-t-il en haussant un sourcil.

Levant le bras pour attirer l'attention du serveur, il commanda une bière et un mojito pour Ray.

— C'est pour le type assis là-bas, dit-il en se retournant.

Il découvrit son associé en pleine conversation avec une superbe brune… Soulevant la bouteille que le serveur venait de poser devant lui, Luke en avala la moitié d'un coup.

— J'en avais besoin, dit-il en la reposant sur le bar.

La jeune femme ignora ses paroles, lorsque soudain le soûlard rota bruyamment, avant de se laisser glisser au bas du tabouret et de s'éloigner d'une démarche mal assurée.

Luke s'appuya de la hanche au tabouret qui venait de se libérer.

— Vous permettez ? demanda-t-il en souriant.

Cette fois, elle daigna lever les yeux vers lui.

— Vous êtes libre de faire ce que vous voulez, non ?

Puis, comme si elle regrettait son attitude, elle soupira.

— Ouf, il est enfin parti !

Après un instant de réflexion, elle ajouta :

— Vous croyez qu'il va se débrouiller ?

— Oh ! Ne vous en faites pas pour lui ! répondit Luke.

À sa grande surprise, l'inconnue lui sourit.

— Vous êtes sûre que vous ne voulez pas boire autre chose ?

— Eh bien, un verre de vin blanc, peut-être, dit-elle en reposant son cocktail sur le bar.

Elle portait un anneau à la main gauche. Mais au médium.

— C'est Liz qui a commandé ce truc bizarre pour moi, reprit-elle. Mais ce n'est vraiment pas ma boisson préférée.

— Liz ?

— Oui, la fiancée, dit-elle en se tournant vers ses amies. C'est celle qui a des oreilles de lapin et qui porte un tutu rose sur son jean.

— Difficile de la louper, en effet...

Le serveur revenant de leur côté, Luke le héla et lui commanda un verre de chardonnay.

— Au fait, je me présente, Luke Morelli, dit-il quand le serveur se fut éloigné. Et vous ? Comment vous appelez-vous ?

— Annabel, répondit-elle après une légère hésitation.

Le serveur lui apportant son verre de vin, elle en prit une gorgée, les yeux pétillants.

— Hum... C'est bon...

Oui, délicieux, même, songea Luke en la regardant. Sauf qu'il ne pensait pas au vin. Cela faisait des mois qu'il n'avait pas ressenti une telle attirance envers une femme.

— Parlez-moi un peu de vous, dit-il. Vous travaillez à Londres ?

— Je fais de la recherche. À l'université. Et vous ?

Elle laissa descendre son regard sur son costume bleu marine, sa chemise de la même teinte.

— Vous êtes dans la finance ? Vous en avez l'allure.

— Non, je suis architecte.

Luke lui adressa un petit sourire en coin.

— Désolé de vous décevoir...

— Oh ! Je ne suis pas du tout déçue ! s'exclama-t-elle en souriant. Au contraire, je suis soulagée. La plupart des gens s'imaginent que travailler à la Bourse c'est le paradis...

— Pas moi.

Quand les fêtardes se décidèrent à revenir vers elle, Abby se sentit presque déçue.

Elle avait passé une soirée délicieuse, ce qui ne lui était pas arrivé depuis une éternité. Ces temps-ci, elle sortait rarement, sauf quand Harry avait besoin d'un chauffeur pour rentrer chez eux.

Lorsqu'elle l'avait rencontré, à l'occasion du mariage d'une amie, puis qu'ils avaient commencé à sortir ensemble, Abby avait cru avoir trouvé la perle rare. Avec lui, elle se sentait spéciale, aimée. Il lui offrait des cadeaux de prix, était aux petits soins avec elle qui, ayant grandi seule avec sa mère, n'avait jamais été habituée à de telles attentions.

Mais après leur mariage tout avait changé, et elle avait pris conscience que le personnage que Harry Laurence jouait en public — en particulier devant sa mère — était complètement différent de l'homme qu'il était en privé.

Abby avait rapidement compris qu'il fréquentait d'autres femmes, mais lorsqu'elle avait eu la bêtise de l'interroger à ce sujet Harry était entré dans une colère noire.

Elle aurait dû le quitter, c'était une évidence. Elle s'était répété que, le jour où il lèverait la main sur elle, elle s'en irait. Mais alors que, deux ans plus tôt, elle songeait sérieusement à demander le divorce, sa mère, Annabel Lacey, était tombée malade.

Son état s'était vite dégradé, au point qu'elle avait eu besoin de soins vingt-quatre heures sur vingt-quatre. Et, lorsqu'il avait fallu la faire entrer dans un établissement spécialisé, seul Harry, qui travaillait à la Bourse et dont les revenus étaient plus que confortables, avait eu les moyens d'en assumer les frais exorbitants.

À ce moment-là, Abby avait compris que, tant que sa mère serait en vie, sa propre existence, ses besoins passeraient après…

— On s'en va, dit soudain Liz, la ramenant au présent.

Son amie regarda Luke Morelli d'un air appréciateur.

— Qui est-ce ?

— Euh... Je te présente Luke, murmura Abby tandis qu'il descendait de son tabouret.

— Enchanté de faire votre connaissance, dit-il en souriant à Liz.

— Moi aussi, susurra celle-ci en battant des cils. On va au Blue Parrot — vous venez avec nous ?

— Pas moi, je crois que je vais rentrer, si cela ne te dérange pas, dit Abby en se levant à son tour.

Liz tourna les yeux vers Luke.

— Mais non, je comprends... Il est superbe !

— Liz ! protesta Abby, affreusement embarrassée.

— Bonsoir, intervint alors Amanda en les rejoignant. Pas étonnant qu'Abs vous ait gardé pour elle toute seule...

— Je n'ai pas... Nous ne...

— Elle ne savait pas que je viendrais, l'interrompit Luke d'un ton léger. Mais puisque je suis là vous comprendrez que je raccompagne... Abs chez elle, n'est-ce pas ?

— Bien sûr ! s'exclama Amanda en souriant. Quelle veinarde... Mais si un jour vous vous sentez seul...

— Je m'en souviendrai, répliqua-t-il avec le plus grand sérieux.

De plus en plus embarrassée, Abby resta silencieuse mais, dès que le petit groupe de fêtardes fut parti, elle tendit la main vers son sac, accroché au dossier du tabouret.

— Pourquoi leur avez-vous laissé croire que nous étions ensemble ? demanda-t-elle sans regarder Luke. Nous nous connaissons à peine.

— Nous pouvons remédier à cela, répliqua-t-il en l'aidant à passer la bandoulière de son sac sur son épaule.

Lorsque sa main frôla la sienne, Abby sentit une décharge électrique lui parcourir le bras.

— Venez, poursuivit-il. Je vous raccompagne — c'est le moins que je puisse faire.

— Je..., murmura-t-elle, mal à l'aise.

— Je vous jure que je ne suis ni un voleur ni un pervers.

— Et je suis censée vous croire sur parole ?

Elle contempla son beau visage allongé. Liz avait raison : Luke était superbe. Grand, mince mais musclé, les cheveux presque noirs et le teint hâlé, avec de sublimes yeux bruns aux étranges reflets fauves. Il la contemplait d'un air amusé.

— Vous n'avez qu'à demander à mon ami, dit-il en désignant l'homme pour qui il avait commandé un mojito.

— Il ne va pas dire le contraire, je suppose ! répliqua Abby, pince-sans-rire.

Puis, sans regarder Luke, elle reprit d'un ton faussement détaché :

— Très bien. Je vais récupérer mon manteau.

— Donnez-moi le ticket : je m'en charge, proposa-t-il aussitôt.

Abby lui tendit le petit carton bleu en retenant un soupir résigné.

Inutile de compter filer en douce...

1.

Après avoir sorti du four la dernière fournée de muffins aux myrtilles — qui exhalaient un arôme délicieux —, Abby posa la plaque brûlante sur le comptoir.

Puis, quand elle eut transféré les muffins sur un plateau pour les laisser refroidir, elle vérifia que la machine à café était bien allumée. Quant aux scones, il n'y avait plus qu'à les déposer dans une corbeille.

Restait encore à remplir les coupelles de confiture, ainsi que les petits pots de crème ; elle s'occuperait de ceux-ci à l'arrivée des premiers clients.

Il faudrait aussi faire cuire les cupcakes, mais la pâte étant prête, il suffirait de la verser dans les petits moules et de les mettre au four.

Abby regarda autour d'elle et sourit. Le café librairie qu'elle avait créé dégageait une atmosphère accueillante et paisible, exactement comme elle l'avait souhaité. Sa mère s'y serait sentie bien, songea-t-elle avec regret. Malheureusement, elle n'aurait jamais l'occasion de connaître ce lieu, puisqu'elle était décédée de la maladie de Charcot deux ans après être entrée dans un établissement spécialisé.

Abby avait découvert ce café tenu par deux sœurs désormais à la retraite en surfant sur Internet. Jusque-là, l'idée de quitter Londres n'avait été qu'un rêve lointain. Mais quand elle avait appris que la location comprenait un appartement situé au-dessus du café, elle n'avait plus hésité.

Une fois le divorce d'avec Harry prononcé, elle s'était acheté une bouteille de vin pour fêter l'événement, puis elle avait dit adieu à Londres et était partie s'installer à Ashford-St-James, petite ville du Wiltshire — avec Harley, le labrador qui lui tenait désormais compagnie.

M. Gifford, le propriétaire du café, ne voyant aucune objection à ce qu'elle fasse des transformations, Abby avait rénové les lieux en utilisant le peu d'argent qu'il lui restait. À présent, l'endroit n'avait plus rien à voir avec le salon de thé vieillot et défraîchi qu'elle avait visité la première fois.

Elle avait commencé en se faisant livrer gâteaux et pâtisseries. Mais après s'être hasardée un jour à préparer des muffins et les avoir trouvés délicieux, elle avait décidé de ne plus proposer que des produits maison.

Elle s'était néanmoins vite rendu compte que le café à lui seul ne rapportait pas de gros bénéfices, même s'il était fréquenté par une clientèle régulière et fidèle. Ashford-St-James n'était pas très prisé par les touristes…

Pour toutes ces raisons, Abby avait eu l'idée d'ouvrir une librairie. De nombreuses personnes âgées vivaient en effet à proximité et pour elles, aller jusqu'à Bath pour acheter des livres était compliqué. Aussi étaient-elles enchantées de pouvoir venir prendre un café accompagné d'une pâtisserie, et d'aller, avant ou après, fureter dans la librairie pour s'y procurer le dernier best-seller ou un bon vieux classique.

Si bien que depuis quatre ans, Abby vivait confortablement et était mille fois plus heureuse qu'à l'époque où elle était mariée avec Harry.

En outre, et en dépit des amis qui la disaient folle d'aller s'enterrer dans un trou pareil, elle savourait son indépendance. Après avoir travaillé comme une forcenée au département d'anglais de l'université, elle appréciait de fixer ses propres horaires et de n'avoir de comptes à rendre à personne.

S'éloignant de la belle machine à café italienne, son investissement le plus important — qu'elle n'avait jamais regretté —, elle se dirigea vers la librairie, gérée par Lori.

La jeune femme travaillait à temps partiel avec Abby depuis la création du nouvel espace. Elle habitait le quartier et souhaitait avoir du temps pour s'occuper de sa fille de 6 ans. D'ailleurs, elle n'arrivait qu'à 9 heures, après l'avoir conduite à l'école.

Savourant le calme et l'aura de mystère qui se dégageait des rayonnages de livres, Abby remettait un roman policier à sa place lorsque des coups vigoureux furent frappés à la porte du café. Il était à peine 7 heures, constata-t-elle en jetant un coup d'œil à sa montre, et elle n'ouvrait qu'à la demie…

Qui cela pouvait-il bien être ? Harley aurait-il réussi à s'échapper de l'appartement et à sortir sans qu'elle ne s'en rende compte — et fait du grabuge… ?

Luke Morelli quitta l'appartement de sa petite amie du moment et sortit dans la rue.

À cette heure matinale, il faisait plutôt frais du côté de Grosvenor Mews, mais cela ne diminua en rien son soulagement. Il n'avait pas menti en disant à la jeune femme qu'il avait des rendez-vous ce matin-là et que, par conséquent, il ne pourrait la conduire à son shooting à Bournemouth comme elle l'avait escompté.

Mais leur relation commençait à prendre un tour trop sérieux au goût de Luke qui ne dépassait jamais les deux semaines en matière de liaison amoureuse. De temps en temps, quand il s'autorisait une petite séance d'introspection, il attribuait son attitude au fait que sa mère avait quitté son père alors que lui-même était enfant. Après avoir vu Oliver Morelli anéanti par la trahison de sa femme, Luke s'était promis de ne pas s'exposer à ce genre de souffrance.

Et il n'avait jamais été tenté de déroger à la règle. Sauf une fois, des moins glorieuses.

En dépit de la fraîcheur, un petit parfum de printemps flottait dans l'air, constata-t-il en levant les yeux vers le ciel bleu. Et comme il avait le temps, il décida de faire une partie du trajet à pied.

Morelli Corporation se trouvait dans le quartier d'affaires de Canary Wharf, loin de Covent Garden où lui et Ray Carpenter avaient démarré ensemble. Cela faisait déjà longtemps que Ray avait décidé d'aller s'établir en Australie. Luke était allé lui rendre visite l'an passé et s'était d'ailleurs aperçu qu'il se débrouillait plutôt bien, là-bas. Mais comme son ami le lui avait fait remarquer — non sans une pointe d'envie dénuée de toute animosité —, il ne pouvait plus rivaliser avec Luke, désormais.

Jacob's Tower, où il allait tenir sa réunion, était très bien située sur Bank Street et n'hébergeait pas seulement les bureaux Morelli mais aussi plusieurs autres entreprises spécialisées dans la location de biens immobiliers, ainsi que le siège d'une chaîne d'hôtels de luxe réputée.

Le bureau de Luke se trouvait au dernier étage, jouxtant un appartement qu'il occupait de temps à autre. Il possédait par ailleurs une ravissante maison géorgienne à Belgravia, acquise avant la flambée des prix de l'immobilier.

Deux heures plus tard, sortant de la réunion hebdomadaire du comité de direction, il informa sa secrétaire qu'il serait absent durant le reste de la journée.

— Je vais dans le Wiltshire, expliqua-t-il en rassemblant les dossiers dont il aurait besoin. Je veux voir de plus près les commerces de la région, et j'ai promis à mon père de passer chez lui, à Bath. Je ne l'ai pas vu depuis que je suis allé chez le notaire, après la mort de Gifford.

— Serez-vous de retour demain ? s'enquit aimablement Angelica Ryan, qui travaillait avec lui depuis dix ans.

— Je l'espère ! répondit-il avec humour. S'il y avait un imprévu, je vous préviendrais, de toute façon.

Lorsqu'elle reconnut Greg à travers la porte vitrée, Abby poussa un soupir agacé.

Greg Hughes tenait le commerce voisin, un studio de photographie. Celui-ci avait sans doute été prospère autrefois, mais avec l'apparition des téléphones portables et des appareils numériques, il devait avoir du mal à vivre de son activité.

En dépit de ses efforts pour le trouver sympathique, Abby n'aimait pas Greg, qu'elle trouvait obséquieux et sournois — et trop enclin à se mêler de ce qui ne le regardait pas. Harley ne l'aimait pas non plus et, lui si doux et placide d'ordinaire, grondait toujours à son approche.

— Greg ? Quelque chose ne va pas ?

— Ça, vous pouvez le dire ! s'exclama-t-il d'un ton irrité. Vous n'avez pas ouvert votre courrier ?

— Mais, le facteur n'est pas encore passé ! répliqua-t-elle en lui ouvrant la porte.

Comment ne pas l'inviter à entrer, même si son haleine empestait l'ail ?

— Vous n'avez pas regardé celui d'hier, alors ? demanda-t-il en fronçant les sourcils. Comme vous avez pu le constater, je n'étais pas là — je suis allé à une foire artisanale —, et je n'ai ouvert le mien que ce matin.

Abby se retint de lui dire que non seulement elle n'avait pas remarqué son absence, mais qu'en outre elle n'ouvrait pas son courrier tous les jours, redoutant toujours une mauvaise surprise. Une facture d'un montant astronomique, par exemple.

— J'ai dû oublier, dit-elle avec un sourire forcé. Vous voulez boire un café ?

— Volontiers, merci.

Sans même attendre qu'elle le lui propose, il s'installa à une table, laissant à Abby le soin de lui apporter son café. Ensuite, il prit le temps d'y ajouter de la crème, du sucre, tourna lentement le tout avec sa petite cuiller…

— Alors, vous ne savez pas que Gifford est décédé et que son fils vend tous les commerces à un promoteur ? lança-t-il enfin.

Elle le regarda avec stupeur.

— Non ! Quand est-il mort ? Pourquoi ne nous en a-t-on pas informés plus tôt ?

— C'est tout récent, apparemment. Je l'ai croisé en ville il y a trois mois à peine.

— Mais son fils a-t-il le droit de vendre ? J'ai un bail !

— Qui prend fin quand ?

— Dans six mois environ, répondit Abby. Mais je comptais le renouveler.

— Comme nous tous, dit Greg.

— Mais moi, j'habite ici ! s'exclama-t-elle, atterrée. Je ne fais pas qu'y travailler !

— Je comprends, répliqua-t-il avant d'avaler la moitié de son café.

Il se lécha les lèvres, les yeux brillants.

— Fameux…

— Qu'est-ce qu'on peut faire ? demanda-t-elle, refusant encore d'y croire.

— Je n'y ai pas vraiment réfléchi, répondit Greg avant de reprendre une gorgée de café. Il faut d'abord en discuter avec les autres. Ensuite, nous prendrons contact avec Martin Gifford pour lui demander s'il ne voudrait pas plutôt envisager d'augmenter les loyers.

— Vous croyez qu'il pourrait accepter ? répliqua-t-elle en fronçant les sourcils.

— Non, reconnut Greg, il y a peu de chances… De même qu'il est inutile d'envisager de demander au promoteur de retirer son offre.

— Nous n'avons aucune chance, donc, résuma Abby.

Les mains croisées derrière la nuque, elle se mit à faire les cent pas, tandis que Greg terminait son café et poussait sa tasse vers elle. S'il espérait qu'elle allait lui en resservir un, il allait être déçu !

— Vous savez qui est le promoteur ? demanda-t-elle.

— Pourquoi ? Vous comptez faire appel à sa générosité ?

— Bien sûr que non ! répliqua-t-elle avec impatience. Je vous pose la question par curiosité, c'est tout. On ne peut pas dire qu'Ashford est un pôle attractif.

— Non, mais la ville aurait besoin d'un supermarché. D'après ce que le notaire explique dans sa lettre, Morelli envisage de faire construire une zone commerciale.

Abby eut l'impression que son cœur s'arrêtait de battre.

— Vous avez bien dit… Morelli ?

— Oui. Vous le connaissez ?

— Seulement… De réputation, répondit-elle à la hâte…

Incapable de fermer l'œil, Abby contempla la lumière qui filtrait à travers les rideaux de la fenêtre donnant sur la rue, tandis que Harry dormait tranquillement à côté d'elle, après avoir profité — à sa façon toute personnelle — de ce qu'il considérait comme un droit.

Sa colère l'avait complètement prise au dépourvu. Il savait où elle passait la soirée, et avec qui. Et pourtant il lui avait fait une scène épouvantable quand elle était rentrée.

— D'où viens-tu, bon sang ? avait-il lancé brutalement en s'emparant de la bandoulière de son sac.

Puis il s'en était servi pour l'attirer vers lui.

— Tu le sais très bien, avait-elle répondu, refusant de lui montrer sa peur. Nous avons fêté l'enterrement de vie de jeune fille de Liz. Tu m'avais permis d'y aller.

— Uniquement parce que je ne veux pas entendre ta mère me faire à nouveau des reproches et m'accuser de te négliger, avait-il rétorqué en rapprochant son visage du sien. Tu empestes l'alcool. Combien de verres as-tu bus ?

— Un seul. Un verre de vin blanc. Je ne suis pas comme toi…

Elle avait évité de justesse la main de Harry.

— Ne me parle pas sur ce ton ! Je t'ai posé une question poliment et j'attends une réponse polie. À moins que tu ne souhaites que ta chère maman apprenne que sa fille est une ingrate ?

Combien de temps supporterait-elle d'être traitée ainsi ? s'était-elle demandé en lui arrachant son sac des mains. Il était hors de question que sa mère soit impliquée dans leurs sordides histoires de couple. Quand elle l'avait vue la veille, Abby avait été choquée de voir à quel point son état avait empiré. Harry le savait. Et comme d'habitude, il s'en servait contre elle.

De toute façon, quand il était de cette humeur, il ne servait à rien d'essayer de le raisonner. D'autant que Abby culpabilisait d'avoir laissé Luke Morelli la raccompagner en voiture. Mais elle n'avait rien fait de mal, pour l'amour du ciel ! Et ç'avait été si agréable de parler avec un homme qui semblait apprécier sa compagnie, et qui ne la traitait pas comme sa domestique — ou pire encore.

— Alors, où es-tu allée ?

— Au Parker, avait-elle répondu, la main sur la poignée de la porte. Comme je te l'avais dit avant de partir.

— Et tu n'es allée nulle part ailleurs ?

— Non, avait-elle affirmé, mais après une légère hésitation.

— Tu as hésité ! avait-il aussitôt riposté en se précipitant sur elle. Et tu comptais me le cacher. Pourquoi ?

— Je suis revenue directement du Parker. Les autres ont décidé d'aller au Blue Parrot, mais je ne les ai pas accompagnées.

— Pourquoi ? Tu avais trouvé quelqu'un de plus intéressant, au Parker ? avait demandé Harry en fouillant son regard. Si tu es partie avec un homme…

— Non. J'étais fatiguée, c'est tout, et je désirais rentrer.

— Et comment es-tu rentrée ? Je croyais qu'elles avaient loué un minibus.

Abby n'avait pu s'empêcher de trembler.

— Oui, elles en avaient loué un, en effet. J'ai… pris un taxi.

— Bonne idée, avait-il répliqué en lui saisissant le poignet pour l'attirer contre lui. Moi aussi, je suis fatigué, ma chérie.

Puis il l'avait embrassée dans le cou en même temps qu'il refermait les mains sur ses seins, avant de chuchoter contre sa bouche :

— Et si on allait se coucher, maintenant, hein… ?

Luke contempla la liste des universités londoniennes qui s'affichait sur son écran d'ordinateur. Il y en avait beaucoup, et il n'avait pas la moindre idée du domaine dans lequel Annabel travaillait.

Presque une semaine s'était écoulée depuis qu'il l'avait rencontrée dans ce bar à vins et raccompagnée chez elle.

Et il ne cessait de penser à elle tandis que de son côté, elle n'avait même pas pris la peine de l'appeler alors qu'il lui avait donné son numéro de téléphone.

La seule chose dont Luke était certain, c'était qu'elle travaillait dans l'une de ces universités. À supposer que ce soit bien son prénom. Les autres l'ayant appelée « Abs », elle s'appelait sans doute plutôt Abigail. Ou Abby.

Peut-être qu'en retournant au Parker il la reverrait. Mais il pressentait qu'elle n'était pas du genre à fréquenter régulièrement les bars. Et le fait de savoir où elle habitait ne lui servait pas à grand-chose : l'immeuble au bas duquel il l'avait déposée comprenait une quarantaine d'appartements, et il ne connaissait même pas son nom de famille.

Il soupira. Pourquoi cette femme l'intriguait-elle autant ? Elle était attirante, certes, mais il avait connu beaucoup de femmes ravissantes. Non, il s'agissait d'autre chose.

Apparaissant soudain sur le seuil du bureau, Ray s'avança et s'arrêta derrière lui.

— Qu'est-ce que tu fais ? demanda-t-il en regardant l'écran.

— Je cherche quelque chose.

— Quelque chose ou quelqu'un ? répliqua son associé d'un ton malicieux. Tu es sur le site d'une université, non ? Et si je me souviens bien, tu m'as dit que la femme que tu as raccompagnée chez elle…

— Qu'est-ce que ça peut bien te faire ? reprit Luke, agacé.

— Rien. Sinon qu'apparemment tu cherches à la joindre. Dans quel domaine travaille-t-elle ?

— Je n'en sais rien.

— Mais tu sais où elle habite.

— Je sais dans quel immeuble, mais pas dans quel appartement.

— Alors, va consulter la liste des occupants. Il y en a toujours, dans le hall des immeubles.

— Effectivement.

Luke quitta la page et referma son ordinateur portable. Il n'avait aucune envie d'avouer à Ray qu'il ne lui avait même pas demandé son nom de famille.

Soucieux de ne pas brusquer Annabel, il n'avait pas non plus tenté de l'embrasser avant de la quitter. Pourtant, il en brûlait d'envie. Un délicieux parfum émanait de la jeune femme, qui avait continué de flotter dans sa voiture longtemps après qu'elle en fut descendue. Il était mordu, admit-il soudain en son for intérieur. Ce qui, pour lui, était une première.

Dieu merci, Ray laissa tomber le sujet, et ils discutèrent de leurs projets en cours. Ray avait passé la journée à Milton Keynes, de façon à vérifier sur le terrain que les chefs de travaux suivaient bien leurs directives. Luke, avait rencontré un agent immobilier à propos du local qu'ils envisageaient d'acheter.

Ils commençaient en effet à se sentir à l'étroit dans les locaux de Covent Garden. Les architectes, les designers, les comptables, et tout le personnel administratif de Morelli & Carpenter Development avaient maintenant besoin de plus d'espace.

En quittant le bureau ce soir-là, Luke ne put s'empêcher de prendre la direction de Chelsea. Annabel habitait un immeuble assez luxueux, songea-t-il, alors elle vivait peut-être avec une amie. L'une des jeunes femmes avec qui il l'avait vue au Parker, par exemple... L'appartement pourrait donc ne pas être à son nom — auquel cas, il n'était pas au bout de ses peines...

Debout devant la fenêtre du salon, Abby regarda la pluie ruisseler le long des vitres, tandis que l'obscurité tombait déjà sur Chandler Court.

Harry avait appelé pour la prévenir qu'il rentrerait sans doute tard, mais avec lui, elle ne savait jamais à quoi s'en tenir. Quelque temps auparavant, il l'avait prévenue qu'il serait retenu jusqu'à au moins 22 heures, avant de réapparaître une demi-heure plus tard.

Le reste de poulet aux légumes qu'elle s'était fait réchauffer était resté dans la poêle. Abby n'avait pas faim, comme cela lui arrivait fréquemment, ces temps-ci.

Ce soir-là, elle avait eu l'intention d'aller voir sa mère, mais l'infirmière lui avait téléphoné en début de soirée pour lui dire que, après avoir passé une journée difficile, Mme Lacey se reposait. Ce qui signifiait qu'on lui avait de nouveau administré un sédatif, avait compris Abby en tressaillant.

Elle vit tout à coup une voiture déboucher entre deux immeubles avant de ralentir, la carrosserie vert foncé luisant sous la pluie à la lumière du lampadaire.

Aussitôt, elle pressentit qu'il s'agissait de la voiture de Luke Morelli.

Que faire ? se demanda-t-elle, un doigt pressé sur les lèvres. Inutile de paniquer : Luke ne connaissait même pas son nom de famille. À moins que, après l'avoir quittée ce soir-là, il soit allé au Blue Parrot pour se renseigner sur elle auprès d'un membre de la joyeuse bande de fêtardes ?

C'était peu probable, et elle se faisait sans doute des idées en s'imaginant qu'il ait pu s'intéresser à elle à ce point. Néanmoins, pouvait-elle prendre le risque de le voir apparaître sur le pas de la porte ? Certainement pas.

Se retournant, Abby contempla le mobilier en verre et acier. Luke la croirait-elle si elle lui disait qu'elle détestait cet appartement ? Comprendrait-il qu'elle restait avec Harry uniquement pour que sa mère puisse profiter d'un traitement qu'elle-même n'avait pas les moyens de lui offrir ?

Non, il ne la croirait pas. Alors elle devait se débarrasser de lui. Et vite.

Après s'être emparée de sa veste au passage, elle enfila une paire de bottines à la hâte, puis se regarda dans le miroir de l'entrée. Son tailleur de velours noir n'était pas assez chaud pour un soir d'octobre, surtout qu'il pleuvait à verse et qu'elle n'avait pas de parapluie.

L'appartement étant situé au sixième étage, Abby prit l'ascenseur en priant pour que Harry ne rentre pas plus tôt que prévu. S'il la surprenait en train de parler à un inconnu dans le hall de l'immeuble...

À son grand soulagement, elle ne vit aucun signe de Harry ou de Luke au rez-de-chaussée. S'était-elle trompée ? Luke était-il venu dans le quartier pour une raison n'ayant rien à voir avec elle ? Et puis, ce n'était peut-être pas lui qu'elle avait aperçu au volant, se répéta-t-elle pour se rassurer.

Décidant d'aller jeter un coup d'œil dehors pour voir si la voiture verte était encore là, elle fut forcée de passer devant la loge du gardien. Par chance, M. McPhelan regardait la télévision et ne prêtait manifestement attention qu'aux personnes venant de l'extérieur...

2.

En arrivant chez son père, Luke comprit que ce dernier s'attendait à ce qu'il passe la nuit chez lui. Alors il décida de repousser sa visite à Ashford-St-James au lendemain. Ce serait d'ailleurs plus simple pour faire un tour incognito dans les boutiques le matin.

Luke n'était jamais allé dans cette ville, mais son père lui en avait beaucoup parlé. Celui-ci connaissait en effet Charles Gifford, l'ancien propriétaire de ces biens, pour avoir longtemps joué au golf avec lui. À sa mort, le fils de Gifford avait aussitôt annoncé au notaire de son père son intention de vendre la rangée de boutiques d'Ashford.

Luke avait eu la chance d'avoir été informé de la vente avant tout le monde et en avait profité. Et, bien qu'il s'agisse d'un projet très modeste comparé à ceux qu'entreprenait d'habitude Morelli Corporation, il savait que son père serait heureux d'avoir contribué, même de loin, aux réussites professionnelles de son fils.

Après avoir décidé de se rendre à South Road à pied, il se gara en centre-ville puis longea High Road et ses boutiques de vêtements plutôt haut de gamme. Il y avait aussi quelques cafés, mais peu de magasins d'alimentation, ce qui expliquait que la municipalité soit favorable à la construction d'un supermarché.

Un charme typiquement anglais se dégageait de la petite ville, avec son église de pierre dont le clocher dominait le jardin public bien entretenu et agrémenté d'un étang où une famille de canards avait élu domicile. En ce début de printemps, les fleurs coloraient déjà les massifs et les bourgeons commençaient à s'épanouir sur les branches des arbres.

C'était tout à fait le genre d'endroit susceptible d'attirer les Londoniens las de l'agitation de la capitale, mais ne désirant pas pour autant renoncer aux avantages de la vie citadine, songea Luke en s'éloignant.

Après avoir continué pendant quelques minutes, il quitta la rue principale et s'avança dans South Road, puis, grâce aux indications de son père, trouva sans difficulté la rangée de commerces en question.

D'après ses informations, il y avait une boutique de cadeaux, un magasin de lainages, un studio de photographe et une boutique de robes de mariée. Et enfin, un café librairie, — sans doute le plus prospère des cinq commerces, lui avait dit le notaire.

Luke traversa la rue et passa devant le premier magasin, dans la vitrine duquel trônait une robe de dentelle blanche assez extravagante. Le studio du photographe venait tout de suite après, mettant en valeur un unique appareil photo numérique.

Au moins, il proposait du numérique… Mais existait-il encore des amateurs de portraits classiques ? Le photographe survivait peut-être en filmant des mariages ou des baptêmes. Peut-être travaillait-il d'ailleurs avec la boutique de mariage ?

Un léger sourire aux lèvres, Luke se dirigea vers le café librairie, puis la boutique de cadeaux, mais les lainages disposés en vitrine le dissuadèrent de s'y attarder très longtemps. Il revint donc vers le Harley's, le fameux café librairie.

À travers la vitre, il aperçut un plateau de scones et divers gâteaux fort appétissants. La plupart des tables étaient occupées : certains habitants préféraient donc l'intimité de ce petit café à ceux, plus spacieux et pourtant mieux situés, de la rue principale.

À moins qu'ils ne soient attirés par l'espace librairie.

Après avoir poussé la porte vitrée, Luke s'installa à une table. Puis, le visage en partie masqué par le menu, il regarda discrètement autour de lui.

L'endroit était décoré avec goût, arborant sur l'un des murs une fresque représentant un assortiment de muffins et de cupcakes peints de façon si réaliste qu'ils donnaient envie d'y goûter. Au fond, à côté d'une ouverture en forme d'arche conduisant à la librairie, une énorme machine à café italienne donnait un aspect moderne à l'ensemble.

— Qu'est-ce que je vous sers ?

Absorbé dans son examen des lieux, Luke n'avait pas entendu que quelqu'un s'était approché de lui. Reposant le menu, il leva les yeux vers la jeune femme qui se tenait à côté de sa table.

— Un café, s'il vous plaît, commença-t-il avant de s'interrompre, interloqué.

Il se leva aussitôt de sa chaise.

— Abby ! Que faites-vous ici ?

— C'est moi qui tiens ce café, répondit Abby, avec un calme qui la surprit elle-même.

Depuis qu'elle avait lu la lettre du notaire quelques semaines plus tôt, une foule d'émotions contradictoires s'étaient succédé en elle, mais pas une seconde elle ne s'était imaginé que Luke pourrait venir en personne dans son café.

— Inutile de vous demander pourquoi vous êtes venu,

bien sûr, poursuivit-elle. Pour évaluer votre dernière acquisition, je suppose ?

Il la dévisagea sans répondre. Il n'avait pas changé. Grand, les cheveux brun foncé, presque noirs, la peau hâlée, Luke Morelli était plus beau, plus attirant que jamais. Et terriblement dangereux, songea Abby.

De son côté, elle avait beaucoup changé. Une histoire d'amour avortée et un divorce amer, ça laissait des traces.

— Vous tenez ce café ? demanda-t-il, incrédule. Je pensais que vous travailliez toujours à Londres… J'ignorais que vous aviez déménagé.

— Vraiment ?

Abby s'était effectivement demandé si Luke n'avait pas racheté les boutiques simplement pour se venger d'elle.

— Mais oui, vraiment ! Je n'aurais pas imaginé que votre mari quitterait son poste aussi facilement. Il travaillait à la City, n'est-ce pas ?

— Harry et moi avons divorcé, répliqua-t-elle d'un ton neutre.

Puis, consciente que leur conversation prolongée attirait l'attention des autres clients, elle ajouta à la hâte :

— Je vais m'occuper de votre café.

— Attendez. Quand avez-vous divorcé ?

— Je ne vois pas en quoi cela vous regarde, répondit Abby, heureuse que sa voix n'ait pas tremblé.

— Si c'est comme cela que vous traitez vos clients…

— Mais vous n'êtes pas un vrai client, monsieur Morelli, n'est-ce pas ? Vous êtes venu enquêter sur place, ne dites pas le contraire. Alors je pourrais très bien refuser de vous servir — j'en ai le droit.

Il laissa échapper un léger soupir, puis regarda autour de lui, comme s'il comprenait à son tour qu'ils n'étaient pas seuls.

— Pas de problème. Dans ce cas, indiquez-moi une bonne adresse, et je vous invite à dîner ce soir.

— Je ne pense pas que ce soit une bonne idée, monsieur Morelli. Je vais préparer votre café.

Sans lui laisser le temps de réagir, Abby se dirigea rapidement vers le comptoir et échangea quelques mots avec les clients qui attendaient pour payer leur note, encaissa l'argent, puis prépara la commande de Luke.

Les mains légèrement tremblantes, elle posa la tasse sur un plateau, ajouta un petit pot de crème et un autre contenant du sucre et de l'édulcorant, puis se retourna et se figea.

Il avait disparu.

Lentement, elle reposa le plateau sur le comptoir. Revoir Luke lui avait causé un choc, certes, mais elle ne s'était pas attendue à ce qu'il parte aussi précipitamment.

Et tout à coup la journée lui parut vide, insipide.

Elle avait souvent pensé à lui, bien sûr, surtout après son divorce. Mais, déjà à l'époque, elle était parfaitement consciente qu'à ses yeux elle demeurait une menteuse et une épouse infidèle.

Pourquoi l'avoir invitée à dîner, alors ?

En règle générale, café et librairie fermaient à 16 heures, et d'ordinaire, Abby n'était pas pressée de regagner l'appartement où l'attendait son labrador. Mais ce jour-là, elle remonta aussitôt après avoir verrouillé la porte, enfila son manteau, s'empara de la laisse et redescendit quelques instants plus tard avec Harley, ravi.

Si Luke s'était déplacé en personne, cela signifiait forcément qu'il poursuivait son projet, songea-t-elle. Jusque-là, elle s'était accrochée à l'espoir qu'il n'obtiendrait peut-être pas le permis de construire, ou que lui et son équipe rencontreraient un obstacle quelconque qui les amènerait à renoncer. Mais à présent, tous ses espoirs se voyaient anéantis.

Derrière la rangée de boutiques s'étendait un terrain vague, qui avait appartenu lui aussi à M. Gifford père. Avec les boutiques donnant sur la rue, le promoteur aurait tout l'espace pour y construire non seulement un parking, toujours utile en ville, mais peut-être aussi un cinéma, avait expliqué Greg Hughes.

En attendant, le terrain était à tout le monde… Aussi Abby débarrassa-t-elle Harley de sa laisse pour le laisser courir librement comme d'habitude. Puis, se penchant pour ramasser un bâton, elle lança celle-ci au loin — droit sur Luke qui s'avançait dans sa direction.

Après avoir poussé doucement la porte de l'immeuble, Abby risqua un coup d'œil à l'extérieur et aperçut aussitôt l'Aston Martin verte toujours garée un peu plus loin, sous le lampadaire.

Heureusement, le conducteur était resté au volant, à l'abri. Mais s'agissait-il bien de Luke Morelli ? En tout cas, l'homme dont elle distinguait à peine le visage lui ressemblait.

De toute façon, elle ne pouvait prendre aucun risque. Elle se rappelait trop bien la réaction violente de Harry lorsqu'il avait appris qu'elle avait déjeuné avec l'un des professeurs de l'université où elle travaillait.

Le fait qu'elle ne porte plus son alliance n'avait fait qu'exacerber sa rage. En fait, tout était prétexte à se comporter de façon excessivement possessive alors que de son côté, il n'avait sans doute jamais raté une occasion de lui être infidèle.

Remontant le col de sa veste, Abby s'avança vers la voiture.

C'était bien celle de Luke qui était immobile derrière le volant. Sans hésiter, elle contourna le véhicule, ouvrit la portière côté passager et s'assit sur le siège en cuir.

— Vous permettez ? Il fait un temps épouvantable.

— Il vient subitement de s'améliorer, répliqua-t-il en souriant. Comment avez-vous su que j'étais là ?

— Oh..., dit-elle avec un geste désinvolte de la main. Je regardais justement par la fenêtre, et j'ai cru reconnaître votre voiture.

— Et vous vous êtes dit que vous alliez venir vous excuser de ne pas m'avoir appelé ? avança-t-il, pince-sans-rire. Est-ce que vous vous imaginez le mal que j'ai eu à vous retrouver ?

— Vous avez cherché à me retrouver ? demanda Abby, qui fut parcourue d'un frisson à cette idée.

— Oui, j'ai surfé sur le site des universités de Londres, mais comme je ne connais ni votre nom de famille, ni le domaine dans lequel vous travaillez, j'ai perdu mon temps.

— Ah...

— Alors, Ray — l'ami avec qui j'étais l'autre soir au Parker —, m'a conseillé de venir rôder par ici.

Il leva les yeux vers l'immeuble.

— Plutôt chic, comme endroit...

Son regard s'assombrit.

— Je ne sais pas si vous êtes à ma portée.

— Ne soyez pas stupide ! s'exclama-t-elle avec un petit rire embarrassé. Je partage l'appartement avec... une amie. Et... Elle m'attend, justement. Nous allions dîner.

Elle posa la main sur la poignée de la portière.

— Je vais vous laisser.

Après une légère hésitation, Luke demanda :

— Vous ne préféreriez pas aller dîner au restaurant ?

— Je ne peux pas, désolée. Une autre fois, peut-être.

Seigneur, pourquoi avait-elle dit cela ?

— D'accord. Demain soir ? Je pourrais passer vous prendre vers 20 heures ?

Abby le regarda en silence. Elle devait refuser. Si Harry avait seulement soupçonné qu'elle envisageait de sortir avec un autre homme… Elle préférait ne pas imaginer sa réaction.

— Je ne pense pas, répondit-elle sans regarder Luke. Je… Je ne vous connais pas.

— Cela peut s'arranger. La seule question, c'est : voulez-vous qu'on se revoie ?

Sans attendre sa réponse, Luke se pencha vers elle, referma la main sur sa nuque et approcha son visage du sien.

— Laissez-moi vous persuader d'accepter, murmura-t-il avant de l'embrasser avec fougue, annihilant aussitôt toute volonté de résistance en elle.

Une chaleur délicieuse l'enveloppa tandis que, sans réfléchir, elle agrippait les revers de la veste de Luke pour se serrer contre lui.

Sa bouche ferme dévorait la sienne, le baiser s'approfondissait… S'ils n'avaient pas été séparés par la console centrale, Abby pressentit que Luke l'aurait attirée sur ses genoux…

À cet instant, il referma une main sur son sein et en caressa la pointe à travers le velours, puis écarta sa bouche de la sienne.

— Viens avec moi, Annabel, dit-il d'une voix rauque.

Lorsqu'il glissa la main sous son haut, Abby se mit à trembler. Mais alors qu'elle se sentait sur le point de succomber, elle vit une autre voiture déboucher au bout de l'allée, et son sang se glaça dans ses veines.

Comme elle l'avait redouté, Harry revenait plus tôt que prévu.

Laissant retomber ses bras, elle se retourna vivement vers la portière.

— Je... Je ne peux pas. Je dois rentrer. Harriet doit s'inquiéter...

— Attends ! s'écria Luke en lui saisissant le poignet. Accepte au moins de dîner avec moi demain. Comment t'appelles-tu ? Je ne connais même pas ton nom. Ni ton numéro de téléphone.

— C'est moi qui t'appellerai, lança Abby à la hâte.

— Quand ?

— Demain ! répondit-elle, paniquée.

— Tu me le promets ?

— Oui ! Lâche-moi, je t'en prie. Je dois vraiment y aller !

— D'accord. Mais tiens, prends ça.

Après lui avoir lâché le poignet, il lui tendit sa carte de visite qu'Abby fourra dans sa poche avant de sortir précipitamment du véhicule. Puis, se retenant de courir, elle traversa le parking et entra en trombe dans le hall.

Dieu merci, Luke avait dû imputer sa hâte à la pluie qui tombait toujours à verse, songea-t-elle en s'engouffrant dans l'ascenseur. Et, heureusement, le gardien était toujours devant sa télévision.

Avec un peu de chance, Harry ne s'apercevrait même pas qu'elle avait quitté l'appartement.

Alors que, tard dans la soirée, Luke parcourait des documents officiels en vue d'un rendez-vous organisé pour le jour suivant, il sursauta en entendant sonner le téléphone.

L'appel provenait d'un numéro inconnu. Certainement son père qu'il n'avait pas vu depuis plusieurs semaines. Il pouvait s'agir d'une urgence...

Se traitant d'imbécile, il décrocha.

— Luke ?

Il laissa échapper un petit halètement. C'était Annabel, qui avait promis de l'appeler le lendemain — trois semaines plus tôt…

— Annabel ? dit-il tout en se demandant s'il ne s'agissait pas d'une hallucination auditive. C'est bien toi ?

— Tu m'as déjà oubliée ? riposta-t-elle avec un petit rire nerveux.

— Non. Je commençais à croire que toi tu m'avais oublié.

— Aucun risque, dit-elle, la voix un peu tendue. Comment vas-tu ?

— Très bien… Mais il est un peu tard pour venir prendre de mes nouvelles, non ?

— Excuse-moi.

Craignant qu'elle ne raccroche, Luke reprit aussitôt :

— Je suis heureux de t'entendre.

Après une courte pause, il ajouta :

— Dois-je comprendre que tu m'appelles pour prendre un rendez-vous ?

— En quelque sorte. Qu'est-ce que tu fais, là, maintenant ?

— Maintenant ? Je travaille. Et toi ?

— Oh… Pas grand-chose.

Silence.

— Je me demandais si cela te dirait d'aller prendre un verre.

Luke déglutit.

— Maintenant ? répéta-t-il de nouveau.

— Oui, si tu es disponible, bien sûr.

— Oui. Tu veux que je passe te prendre ?

— Non, répondit-elle aussitôt. Retrouvons-nous quelque part.

— Où ?

— Je... Au Parker ?

— Entendu. Tu es sûre que tu ne veux pas...

— Oui, le coupa-t-elle. Rendez-vous là-bas dans une demi-heure ?

— J'y serai, répondit Luke, perplexe.

Décidant que son pull et son jean noirs feraient l'affaire pour le Parker, il s'empara de sa veste en cuir et fourra portefeuille et téléphone portable dans ses poches.

Dehors, il faisait froid, mais il ne pleuvait pas, c'était déjà ça, et habitant dans le nord de Londres, il n'eut aucun mal à atteindre le West End à cette heure de la soirée.

Pourquoi Annabel l'avait-elle appelé aussi tard pour lui proposer d'aller boire un verre ? se demanda-t-il en s'arrêtant à un feu rouge. Avait-elle déjà bu ? Non, il la connaissait peu, mais il était certain que ce n'était pas son genre. Le Parker était bondé, mais Annabel n'était pas encore arrivée.

S'installant au bar, il commanda une bière.

— Bonsoir.

Il se retourna et la vit, immobile derrière lui, plus ravissante que jamais mais les joues pâles, et les cheveux rassemblés en un chignon rapide sur le dessus de la tête. Elle était à peine maquillée, la blancheur de son teint contrastant avec son manteau noir au col remonté jusqu'aux oreilles. Elle semblait s'être préparée à la hâte... songea Luke en se demandant ce qu'elle avait bien pu faire avant de l'appeler.

— Bonsoir, dit-il, soulagé qu'elle soit venue. Qu'est-ce que tu bois ?

— Je... Tu ne préfères pas aller ailleurs ? répliqua-t-elle en regardant autour d'elle. Cet endroit est affreusement bruyant, tu ne trouves pas ?

En effet, mais pourquoi lui avoir donné rendez-vous au Parker si elle ne souhaitait pas y rester ?

— Où veux-tu aller ? demanda-t-il en réglant sa bière au serveur. À cette heure-ci, tous les bars sont bruyants… Regarde, il y a un box de libre là-bas, un peu à l'écart… Si on s'y installait pour discuter ?

Elle acquiesça d'un haussement d'épaules. Elle aurait préféré partir sur-le-champ, devina Luke. Elle accepta néanmoins qu'il réquisitionne le box avant que quelqu'un d'autre ne se l'approprie.

— C'est plus tranquille, ici, dit-il en s'asseyant à côté d'elle sur la banquette.

Lorsque sa hanche frôla la sienne, Luke la sentit retenir son souffle. Il adorait son parfum. Les effluves exotiques d'une sensualité inouïe lui caressaient les narines, embrasant sa libido. Il la désirait comme un fou. Avait-il une chance de la persuader de l'accompagner chez lui ?

— Tu n'ôtes pas ton manteau ? demanda-t-il. Tu as froid ?

— Non, je…, murmura-t-elle en resserrant néanmoins le col autour de son cou.

— Peu importe ce que tu portes en dessous, tu sais. Tu ne peux pas savoir à quel point je suis heureux de te revoir. Je commençais vraiment à croire que tu m'avais oublié pour de bon.

— Pas du tout !

— Alors… Si je perdais mon temps, tu me le dirais, n'est-ce pas ? répliqua Luke d'une voix rauque. Parce que je dois t'avouer que je n'ai jamais ressenti ce que je ressens avec toi, Annabel.

— Tu ne parles pas sérieusement.

— Au contraire.

Lui prenant le menton, il tourna son beau visage ovale vers le sien.

— Je ne peux pas dire que j'ai mené une vie de moine, commença-t-il en effleurant ses lèvres des siennes. Mais ce que j'éprouve pour toi est différent. Tu es différente.

Il l'embrassa, savourant le goût délicieux de sa bouche.

— Que dirais-tu si je t'invitais chez moi ?

— Chez toi ? Où habites-tu ?

— Au nord de Londres, à Camden.

Tandis qu'elle semblait réfléchir à cette proposition, le col de son manteau se rabaissa, dévoilant plusieurs bleus sur son cou.

Comment s'était-elle fait ces bleus ? Tendant la main, Luke effleura délicatement les endroits meurtris. Mais aussitôt, elle remonta son col.

— Que t'est-il arrivé ?

— Oh ! Rien..., répondit-elle d'un ton détaché. Je suis tombée dans la salle de bains. Au fait, tu vis seul ?

Croyait-elle vraiment qu'il ne comprenait pas qu'elle essayait de changer de sujet ?

— Oui, je suis célibataire, si c'est ce que tu veux savoir, répondit-il avec humour. Et toi ?

— Très drôle, que vous lui posiez cette question.

— Harry ! s'écria Annabel d'une voix étranglée, tandis que ce dernier s'asseyait en face d'eux dans le box.

Harry était costaud, pas très grand mais solidement bâti et plutôt musclé, dégageant le genre d'assurance et d'arrogance typiques des hommes que Luke avait souvent l'occasion de rencontrer.

Vu son costume, il travaillait sans doute à la City. Mais qui était ce type ? Le petit ami d'Annabel ? Vivait-elle avec lui, au lieu de la prétendue Harriet ? Impossible.

— Tu ne me présentes pas à ton... compagnon, Abby ? lança l'homme en décochant un regard méprisant à Luke.

Abby ? Ainsi, il ne s'était pas trompé : Annabel n'était pas son vrai prénom.

— Je te présente Luke, commença-t-elle d'une voix à peine audible et le visage blême. Luke Morelli, un… ami.

— Un ami… Ou un amant ? interrogea Harry en regardant fixement la jeune femme. J'ai bien fait de venir te chercher ici en premier !

Elle redressa les épaules.

— Tu avais dit que tu ne rentrerais que demain.

— Et toi, tu avais dit que tu irais te coucher de bonne heure ! Sale petite menteuse !

Sidéré, Luke frappa du plat de la main sur la table.

— Retirez ce que vous venez de dire !

Puis il se leva, agrippa Harry par le col de sa veste et le souleva de son siège.

— Comment osez-vous lui parler sur ce ton ? poursuivit-il, fou de rage. J'ai bien envie de…

— Non, Luke !

Abby retint son bras à l'instant où il allait frapper Harry.

Celui-ci éclata d'un rire dur.

— Écoutez-la, Luke, dit-il en se dégageant. Demandez-lui pourquoi je suis en droit d'attendre un minimum de loyauté de sa part. Je parie qu'elle ne vous a pas parlé de moi. Je me trompe ?

— Si vous êtes son petit ami, vous devriez vous montrer plus respectueux envers elle, riposta Luke.

Il se tourna vers Abby.

— Qui est ce type ? Tu le connais ?

Question stupide, évidemment.

— Je suis le mari d'Abby, répondit Harry. Depuis, voyons… Trois ans. Et si elle veut divorcer, elle n'a qu'à le dire. N'est-ce pas, Abby ? Allez-y, Luke, demandez-lui si elle veut divorcer.

Il dévisagea Luke en plissant les yeux d'un air mauvais.

— Mais je crois qu'elle n'en a pas envie… C'est que

Mme Laurence a des goûts de luxe que vous ne pourriez pas satisfaire. N'est-ce pas, Abby ? Dis la vérité à ton ami.

Face au silence d'Abby, Luke sentit son univers basculer. Inutile de lui demander si elle souhaitait divorcer. La réponse était évidente. Non seulement elle n'avait pas l'intention de quitter son mari, mais elle s'était moquée de lui. Autant que de ce salaud de Harry Laurence.

3.

Dès qu'il l'aperçut, Harley se précipita vers Luke, tout excité, avant de tourner autour de lui en remuant joyeusement la queue.

Mon chien est un traître ! songea Abby en regardant Luke se pencher pour gratter la tête de son chien.

— Il est à toi ? lui demanda-t-il en se redressant.

— Oui.

— Bel animal !

Hochant la tête, Abby se pencha pour fixer la laisse au collier.

— Ne le rattache pas pour moi. J'aime les chiens, et ils me le rendent bien, en général.

Harley eut beau glapir pour manifester sa désapprobation, elle refusa de se laisser attendrir.

— Je ne pensais rencontrer personne, répliqua-t-elle. Sinon je ne l'aurais pas lâché.

— Je venais simplement jeter un coup d'œil au terrain. Ce coin du Wiltshire ne manque pas de charme.

— En effet.

Qu'ajouter ? Que c'était pour cela qu'elle était venue s'y installer ?

— Tu connaissais déjà la région ? demanda Abby.

— Mon père vit à Bath depuis quelque temps, mais je ne connais pas très bien Ashford-St-James.

Alors, comment avait-il su que le fils de M. Gifford vendait ses biens ?

— C'est lui qui m'a parlé de cette vente, reprit-il, comme s'il avait lu dans ses pensées. Il jouait au golf avec Charles Gifford, le père de l'actuel propriétaire.

— Je sais qui est Charles Gifford. Enfin, qui il était.

— Dans ce cas, tu savais que j'étais impliqué dans ce projet avant de me voir ce matin ?

— Oui. J'ai reçu une lettre, comme les autres commerçants.

— Et depuis tu me maudis, lâcha Luke d'un ton cynique. Ne dis pas le contraire, cela se voit sur ton visage.

— En fait, soupira Abby, j'avoue avoir pensé que tu savais que je tenais l'un des commerces, et que tu les avais achetés… Pour te venger de moi, en quelque sorte.

— Tu plaisantes !

— Non. Nous ne nous sommes pas vraiment quittés en bons termes, ce soir-là, au Parker.

— Non, en effet. Mais si tu crois que je t'en veux encore pour ce qui s'est passé il y a… Combien ? Quatre ans ?

— Cinq, corrigea-t-elle, tendue. Eh bien, je suis contente de ne pas t'avoir laissé de souvenir désagréable.

Si tu savais ! songea sombrement Luke en baissant les yeux sur le labrador, pour qu'Abby ne voie pas l'hostilité qui devait transparaître dans ses yeux.

C'était à cause d'elle que Ray Carpenter et lui s'étaient séparés. Son associé n'était pas parvenu à supporter l'amertume qui teintait désormais le regard que Luke portait sur sa vie.

Et c'était aussi à cause d'elle que Luke avait épousé Sonia, la femme qu'il fréquentait avant de la rencontrer dans ce bar à vins. Ce mariage avait été une erreur dès le départ et un an plus tard, ils avaient divorcé.

— J'ai tout oublié, prétendit-il d'un ton désinvolte. Je suis passé à autre chose, comme toi.

— Tant mieux.

Elle se mordilla la lèvre, l'air un peu coupable.

— Je suis néanmoins désolée pour… Pour ce qui s'est passé. C'était ma faute.

Luke n'allait pas la contredire. Rien ne pourrait changer le fait qu'elle lui avait proposé de le revoir alors qu'elle était mariée. Au lieu d'avoir envie de frapper son mari, il aurait dû le plaindre.

Et puis à quoi bon cette conversation ? Dès qu'il l'avait revue dans ce café, il aurait dû ficher le camp et en rester là. Mais au lieu de s'en aller, il avait passé les dernières heures à traîner dans Ashford en cherchant un prétexte pour retourner la voir.

Quand il avait reconnu Abby, il avait été désarçonné par sa propre réaction. Il ignorait complètement qu'elle avait quitté Londres et ouvert un café. Au moment où il l'avait rencontrée, elle travaillait à l'université, au département d'anglais. Aussitôt qu'il avait appris son vrai nom grâce à Harry, il n'avait eu aucun mal à en savoir davantage sur elle.

Il avait découvert que son mari travaillait à la City et qu'il était bien connu dans le milieu du courtage en valeurs immobilières — mais aussi qu'aux yeux de certains il passait pour une sorte de barbare.

Luke s'était demandé si les bleus aperçus sur le cou d'Abby avaient été causés par son mari, avant de se rappeler aussitôt ce qu'avait affirmé Harry : sa femme ne le quitterait jamais. Manifestement, ils avaient tout de même fini par divorcer. Quand ? Et était-ce elle qui en avait pris l'initiative ? Vu qu'elle l'avait trompé, c'était sans doute plutôt Harry Laurence qui avait souhaité reprendre sa liberté.

Néanmoins, Luke n'avait rien oublié des instants partagés avec elle. Il se souvenait encore du goût de sa bouche, de sa douceur. Leur histoire s'était terminée avant même de commencer, se rappela-t-il avec amertume. Abby avait quitté le bar à vins avec son mari, et il ne l'avait plus jamais revue. Jusqu'à aujourd'hui.

Le fait qu'elle soit encore plus attirante que cinq ans plus tôt ne le réjouissait pas. Et contrairement à ce qu'il avait prétendu, il savait exactement combien de temps s'était écoulé depuis cette scène mémorable, au Parker.

Avait-elle pris un peu de poids ? Peut-être, et cela lui allait bien. Quant à ses cheveux, toujours aussi beaux, ils étaient d'un blond plus clair qu'autrefois.

Pourquoi remarquait-il ces détails ? Comptait-il se ridiculiser une seconde fois ? Il la désirait toujours, impossible de le nier. Mais il s'agissait d'un désir purement physique, que Luke n'avait pas l'intention d'assouvir.

Après une légère hésitation, elle reprit :

— Tu es parti sans avoir pris ton café, ce matin… As-tu eu peur qu'il ne soit empoisonné ? dit-elle avec un faible sourire.

Il serra les mâchoires.

— Non, cela ne m'a pas traversé l'esprit.

— Tant mieux. Je préférerais qu'il n'y ait pas d'animosité entre nous.

— Nous ? répéta Luke en fronçant les sourcils. Il n'y a pas de nous.

Une légère roseur colora les joues de la jeune femme.

— Plus maintenant, je sais.

— Il n'y en a jamais eu, trancha-t-il d'une voix dure.

— Je vois.

Elle se mordilla la lèvre, puis reprit précipitamment :

— J'espère que tu ne penses pas que j'essaie de me

servir de notre… rencontre passée pour t'influencer par rapport à…

— Pas de cela, s'il te plaît ! l'interrompit-il en levant la main. Tu n'aurais aucune chance d'y parvenir, de toute façon. Et puis je préférerais quant à moi que tu ne me rappelles pas que je t'ai presque incitée à tromper ton mari. À moins que ça n'ait pas été ta première fois.

— Je te rappelle que ce n'est pas moi qui ai commencé ! riposta-t-elle sèchement. Tu cherchais une compagne pour la soirée, et je me suis trouvée là par hasard.

— C'est faux !

— Vraiment ? Je parie que tu pensais avoir réussi…

— Eh bien, je m'étais trompé, non ?

— Je n'arrive pas à croire que tu aies pu dire une chose pareille ! s'exclama-t-elle en le foudroyant du regard.

— Abby…

Le labrador choisit ce moment pour tourner autour de Luke, lui emprisonnant les jambes dans la laisse. Essayant de garder l'équilibre, il agrippa l'épaule d'Abby qui lui passa aussitôt un bras autour de la taille.

Un courant électrique passa entre eux. Certes, Luke n'avait pas cherché ce rapprochement, mais il ne pouvait pas nier qu'il… lui faisait de l'effet.

Réprimant un juron, il saisit la laisse et se libéra.

— Je crois que je ferais mieux de m'en aller, dit-il.

— Oui, mais ne pars pas à cause de moi, je retourne au Harley's, de toute façon.

Il la regarda un instant en silence, l'esprit en proie à une foule d'images importunes.

— Au café ?

— Oui. Et ne pénalise pas les autres commerçants à cause de moi, s'il te plaît.

— Je ne vois pas comment je pourrais le faire.

— Oh ! Ne te sous-estime pas, Luke, répliqua-t-elle d'un ton amer. La situation n'est facile pour aucun de nous.

— J'en suis désolé.

— Ah ? dit-elle d'un air incrédule. Bon, si tu veux bien m'excuser…

— Qu'attends-tu de moi, Abby ? demanda-t-il en se passant la main dans les cheveux. L'absolution ?

— Certainement pas ! riposta-t-elle, le menton haut. Je n'attends rien de toi, Luke. Je n'ai jamais rien attendu de toi.

— Ce n'est pas l'impression que tu m'avais donnée. Mais je me trompais peut-être. Avec toi, je me suis trompé sur toute la ligne, n'est-ce pas ?

— Espèce de salaud !

Tenant la laisse à deux mains, elle recula, avant de s'éloigner d'un pas rageur.

Il n'avait pas voulu la blesser, bon sang !

— Abby…

— Non ! Ne t'approche pas !

— Je ne veux pas me battre contre toi…

Parce qu'il s'excusait, maintenant ? Agacé par ses propres réactions, Luke la suivit néanmoins.

— Ne t'en fais pas, lui lança-t-elle par-dessus son épaule. Je ferai comme si cette conversation n'avait jamais eu lieu. Et dès que ton notaire m'aura signifié de vider les lieux, je m'en irai.

La rattrapant, il la prit par le bras pour la forcer à se tourner vers lui. Elle pleurait. Incapable de s'en empêcher, Luke leva la main pour essuyer ses larmes.

— Arrête, chuchota-t-elle.

Mais il ne l'écouta pas. Son parfum l'enivrait, des images brûlantes défilaient dans son esprit, évocatrices des étreintes torrides qu'ils auraient pu partager si tout avait été différent. Sa joue était si douce sous ses doigts…

Lentement, il laissa son pouce glisser sur sa joue, jusqu'à ses lèvres entrouvertes.

Elle ne tenta pas de l'arrêter, s'accrochant à la laisse du labrador comme à une bouée de sauvetage. N'y tenant plus, Luke se pencha et posa ses lèvres sur les siennes.

Sa bouche était si chaude, si étrangement vulnérable, que toutes les émotions ressenties cinq ans plus tôt rejaillirent en lui, irrépressibles.

Soudain, Luke comprit pourquoi il n'avait jamais oublié cette femme, pourquoi il se rappelait aussi bien le goût de sa bouche, son parfum. Et à sentir ainsi la pression de son ventre sur son érection, il craignit de perdre la tête.

— Luke…

Lorsqu'elle lui passa une main autour du cou, une sensation inconnue le traversa, glacée et brûlante à la fois.

Dans un ultime éclair de lucidité, Luke prit conscience qu'ils se trouvaient au beau milieu d'un terrain vague, et que n'importe qui aurait pu surgir à tout instant…

Et puis à quoi jouait-il, bon sang ?

À cet instant, Harley aboya, comme pour répondre à sa place. Ayant sans doute aperçu un chat, ou un lapin, le labrador tirait sur sa laisse, forçant Abby à reculer.

— Harley !

— Je dois y aller, dit Luke, frustré et soulagé à la fois.

Puis, sans regarder Abby qui tentait de calmer son chien, il s'éloigna à grands pas.

4.

Ce qui s'était passé avec Luke sur le terrain vague était totalement absurde, se répéta Abby une semaine plus tard. Elle était une femme libre et indépendante, désormais, plus une épouse tyrannisée par son mari.

Lori étant allée chercher sa fille à l'école et son dernier client parti, Abby décida de fermer plus tôt. De toute façon, la journée n'avait pas été fameuse, et elle n'avait pas vu grand monde.

Alors qu'elle se retournait pour ranger le chiffon qu'elle utilisait pour nettoyer la machine à café, la porte s'ouvrit soudain — sur Greg Hughes.

Abby retint un soupir. Elle n'était vraiment pas d'humeur à bavarder avec lui ! Mais le photographe s'avançait déjà dans le café comme s'il était chez lui, avant de s'arrêter devant le comptoir et d'y poser les coudes.

— Vous avez des nouvelles ? demanda-t-il sans même la saluer.

— Pardon ?

— Je demandais si vous…

— Oui, j'ai entendu, l'interrompit-elle froidement. Mais je ne vois pas de quoi vous parlez.

— Du grand projet, répondit-il avec une moue méprisante. Vous avez des détails ? Vous avez dû lire la lettre.

En effet, mais elle n'avait aucune envie de parler du projet, et encore moins du promoteur qui l'avait lancé.

— Eh bien, oui, j'ai lu la lettre du notaire. Et je ne sais rien de plus.

— Si vous voulez mon avis, c'est louche, cette affaire… J'aimerais bien savoir ce qu'ils vont nous offrir en guise de dédommagement.

— De dédommagement ?

— Oui, ils doivent me dédommager, puisque mon bail n'arrive à échéance que dans dix-huit mois. Tant qu'ils ne m'auront rien précisé, je ne peux pas savoir quel type de local je pourrai envisager de louer.

— Je comprends.

— Vous n'aurez pas ce problème, vous ! reprit-il avec hargne. Quand ils vous mettront à la porte, votre bail sera déjà arrivé à terme.

— Comment le savez-vous ?

— Vous m'avez dit vous-même qu'il ne vous restait plus que six mois. Je me demandais simplement, comme vous semblez connaître le gars, s'il vous avait donné des infos supplémentaires.

L'espace d'un instant, Abby fut tentée de mentir et de dire qu'elle ne connaissait pas Luke. Mais on les avait peut-être aperçus une semaine plus tôt, sur le terrain vague.

— Je vous ai dit aussi que je le connaissais de réputation, se justifia-t-elle. Je… Je crois qu'il est venu ici récemment, pour jeter un coup d'œil à son acquisition. Incognito.

— Ah bon ?

Ainsi, Greg ne savait rien. Quelle idiote ! Elle venait d'admettre qu'elle connaissait Luke…

Mais son voisin ne releva pas.

— Eh bien, commença-t-il en plissant le front, j'aurais bien aimé le voir, ce Morelli. Histoire de lui dire ce que je pense de son fichu projet !

— Vraiment ? Très intéressant…

Abby sursauta. La sonnette étant hors d'usage, elle n'avait pas entendu la porte s'ouvrir.

Quant à Greg, il sursauta lui aussi et tourna à demi la tête vers le nouvel arrivant.

— Dites donc, vous ! Vous voulez bien vous mêler de vos affaires ?

— Oh ! Excusez-moi, répliqua Luke en refermant la porte derrière lui. Je croyais avoir entendu prononcer mon nom.

Estomaqué, Greg se retourna, bouche bée.

— Vous êtes Morelli ?

En jean et pull à col roulé bleu marine sous une vieille veste en cuir, Luke ne ressemblait en rien au riche promoteur qu'il était pourtant.

Perplexe, Greg se tourna vers Abby en haussant les sourcils d'un air interrogateur.

— Alors ? lança Luke en allant se poster à côté de lui. Si vous me disiez qui vous êtes, pour commencer…

— Hughes. Greg Hughes. Je tiens le studio, juste à côté du café.

— Je vois, dit Luke en hochant la tête. Eh bien, monsieur Hughes, vous souhaitiez me parler ? Je vous écoute.

Greg serra les mâchoires, puis sembla comprendre qu'il devait dire quelque chose.

— Je ne suis pas d'accord avec… Avec les gens qui…

— Les gens comme moi.

Il savourait cet échange, devina Abby en observant le sourire en coin qu'il arborait.

— Eh bien… Oui, acquiesça Greg d'un ton rogue. Je crois que vous ne vous rendez pas compte de la valeur… historique de ces boutiques que vous allez détruire pour les remplacer par un supermarché. C'est un sacrilège, il n'y a pas d'autre mot ! Un sacrilège !

Luke se tourna vers elle en haussant les sourcils.

— Est-ce aussi votre avis, madame Laurence ?

— Mademoiselle Lacey, corrigea Abby en rougissant.

Greg la dévisagea aussitôt d'un air bizarre…

— Je… J'ai repris mon nom de jeune fille après m'être installée ici.

— Ah…

Les yeux mi-clos, Luke promena son regard sur son visage avec une lenteur déstabilisante. D'autant qu'elle devait avoir une tête épouvantable… Sa queue-de-cheval était à moitié défaite, des mèches pendaient sur ses épaules et pour ne rien arranger, elle portait encore le vieux tablier qu'elle mettait pour faire le ménage…

— Vous n'avez toujours pas répondu à ma question… mademoiselle Lacey.

— Elle est d'accord avec moi, bien sûr ! intervint Greg d'un ton agressif. Qu'est-ce que vous croyez ? Ces boutiques sont notre gagne-pain — et en plus, Abby habite sur place.

— Vraiment ? répliqua Luke en haussant les sourcils.

— Oui, vraiment. Moi, au moins, j'ai eu la sagesse de m'acheter une maison, au moment où les prix de l'immobilier étaient encore bas.

— Je ne pense pas que nos problèmes intéressent M. Morelli, Greg, lui dit Abby en le foudroyant du regard.

Puis elle se tourna vers Luke.

— Que puis-je faire pour vous, monsieur Morelli ? Seriez-vous venu tester mon café ?

— Bonne idée ! s'exclama aussitôt Greg. Et vous devriez goûter aussi à ses muffins aux myrtilles. Après, vous reconsidérerez peut-être votre projet !

— Greg ! protesta Abby, horrifiée. Je pense que rien de ce que nous pourrions dire ou faire ne serait susceptible d'inciter M. Morelli à changer d'avis !

Luke croisa les bras en se retenant de répliquer qu'elle avait raison. Mais même s'il en voulait à Abby, il n'avait pas l'intention de l'embarrasser devant ce ballot.

— Je prendrais volontiers un café, dit-il. À condition que cela ne vous dérange pas, mademoiselle Lacey.

— Je crains que ce ne soit pas possible, répliqua-t-elle d'un ton guindé. Je viens juste d'arrêter la machine à café.

— On dirait que vous n'avez pas de chance, Morelli, persifla Hughes sans dissimuler sa satisfaction. Et je crois bien que vous allez devoir nous dire ce qui vous amène…

— Je ne pense pas vous avoir invité à entendre ce que j'ai à dire à Mlle Lacey, répliqua Luke d'un ton neutre. Et je suis sûr que vous avez mieux à faire que de rester là à bavarder.

Après l'avoir toisé avec dédain, le photographe se tourna vers Abby.

— Vous voulez que je m'en aille ?

Elle était partagée, devina Luke. Elle avait beau ne pas apprécier beaucoup son voisin, elle se méfiait encore plus de lui.

— Pas de problème, Greg, répondit-elle enfin. Vous pouvez vous en aller. Si M. Morelli nous apporte des nouvelles, je vous les communiquerai plus tard.

— Je pensais que nous n'avions plus rien à nous dire, poursuivit-elle en redressant le menton, dès que Hughes fut sorti. Et comme j'allais fermer, je te serais reconnaissante d'en venir au but de ta visite.

À vrai dire, Luke ne savait pas vraiment pourquoi il était là. Son père l'avait bien appelé pour lui dire qu'il avait attrapé la grippe mais, en temps normal, Luke n'aurait pas quitté une réunion pour se précipiter à son chevet.

En fait, avant de recevoir le coup de fil de son père,

il avait sérieusement envisagé de faire une pause et de proposer à Jodi, sa dernière petite amie en date, une escapade aux Seychelles. Ciel bleu, mer turquoise, brise tropicale, hébergement cinq étoiles… Rien de tel pour recharger ses batteries et se vider la tête !

Alors, pourquoi était-il là, à Ashford-St-James, après avoir menti à son père en disant qu'il devait aller vérifier la réglementation locale en matière de construction ? Il en avait terminé avec celle qui avait presque détruit sa vie cinq ans plus tôt, non ?

Non, hélas. C'était bien cela, le problème.

— Très bien, dit-il au bout d'un instant. Et si tu me disais pourquoi tu as quitté un job intéressant et stable à Londres pour venir t'installer ici ?

Elle le regarda en silence, l'air sidéré.

— Tu ne parles pas sérieusement ?

— Si. Explique-moi, juste pour me faire plaisir.

— Et pourquoi te ferais-je plaisir ? Mon parcours ne te regarde en rien.

— J'aimerais seulement savoir ce qui a causé un changement aussi radical.

Quand elle secoua résolument la tête, il crut qu'elle ne lui répondrait pas. Mais soudain, elle dit d'un ton neutre :

— J'ai divorcé, c'est tout. Mais tu le sais déjà. Alors pourquoi poser la question ?

— Sans doute parce que je me demande si, quand tu devras quitter ton affaire, tu retourneras à Londres.

Elle le dévisagea un long moment, puis se détourna pour poser le chiffon qu'elle tenait la main sous le comptoir.

— Je crois que tu ferais mieux de t'en aller, reprit-elle. Je ne répondrai plus à aucune question, de toute façon.

Sans dire un mot, Luke la regarda ôter son tablier, puis lisser la courte jupe plissée qu'elle portait dessous — et qui mettait en valeur ses longues jambes.

Sans paraître remarquer qu'il la dévorait des yeux, elle vint s'arrêter à l'extrémité du comptoir et le regarda d'un air dépourvu de toute chaleur.

— Va-t'en, s'il te plaît, insista-t-elle d'une voix tendue. Je voudrais fermer, maintenant.

S'avançant nonchalamment vers la porte, il lui lança d'un ton désinvolte, et sans se retourner :

— Lorsque Laurence t'a fichue dehors, tu as eu dû avoir du mal à changer de style de vie…

Il la sentit, davantage qu'il ne la vit, passer à côté de lui.

— Sors d'ici.

— La vérité n'est pas toujours bonne à entendre, répliqua-t-il d'un ton moqueur. Tu aurais dû réfléchir aux conséquences, avant d'envisager de tromper ton mari.

Lorsqu'il la regarda, Luke crut voir des larmes briller au fond de ses yeux bleus, mais il refusa de céder aux remords. Non seulement elle avait trompé son mari, en effet, mais elle s'était fichue de lui, Luke.

Néanmoins, quand il entendit la porte claquer derrière lui, il ne put s'empêcher de se traiter de salaud.

5.

L'avion de Luke atterrit à Heathrow un peu après 20 heures. Son vol ayant été retardé à Hong Kong, il avait dû traîner dans l'aéroport international pendant plus de trois heures.

Aussi n'était-il pas d'humeur à bavarder quand, sortant du hall d'arrivée, il aperçut Felix qui l'attendait.

— Vous avez fait bon voyage ? demanda celui-ci en s'installant au volant.

— Depuis combien de temps êtes-vous là ? répliqua Luke d'un ton renfrogné.

— Environ deux heures, répondit Felix en lui souriant dans le rétroviseur.

Luke s'étira les jambes en tournant les yeux vers la vitre.

— Désolé. Le voyage a été long…

— Vous auriez peut-être mieux fait d'aller à Mahé, après tout.

— Oui, peut-être.

Effectivement, peut-être aurait-il dû emmener Jodi aux Seychelles comme il en avait d'abord eu l'intention. Mais après sa dernière entrevue avec Abby, il avait perdu toute envie de passer du temps avec une autre femme et décidé d'aller deux semaines à Melbourne — histoire de voir comment allaient Ray et sa famille. Et d'éviter de penser au projet d'Ashford-St-James.

— Alors, quelles nouvelles ?

— Cela dépend de ce que vous entendez par nouvelles,

répondit tranquillement Felix. Un type qui tient un commerce sur le site du Wiltshire a lancé une pétition. Au prétexte que les maisons que vous comptez faire démolir font partie du patrimoine local et qu'à ce titre elles devraient être classées monuments historiques.

Inutile de demander à Felix comment il avait obtenu cette information — il était toujours au courant de tout. Quant au type en question, ce n'était pas difficile de deviner de qui il s'agissait…

Abby était-elle de mèche avec le photographe ? Il le saurait bientôt.

Lorsque Abby rentra chez elle après avoir sorti Harley, la nuit tombait déjà. Et en plus il pleuvait de nouveau à verse.

Après avoir fait plusieurs fois le tour du jardin public, elle était passée à l'épicerie fine faire quelques courses. Elle détestait l'admettre, mais c'était vrai qu'un supermarché correct n'aurait vraiment pas été du luxe… Ainsi qu'un parking. Les clients du café se plaignaient souvent de ne pas pouvoir se garer aux alentours.

Abby, elle, ne possédait pas de voiture, seulement une vieille camionnette qui lui servait à aller s'approvisionner chez les grossistes et qu'elle devait garer dans la petite impasse située à proximité de la rangée de commerces.

Son divorce s'était plutôt mal passé. À tel point que, après avoir réglé les frais des obsèques de sa mère, elle s'était retrouvée démunie. Heureusement, la vente de la minuscule maison d'Annabel Lacey lui avait permis de quitter Londres et de venir s'installer à Ashford-St-James. De toute façon, Abby avait été tellement déterminée à s'en aller qu'elle aurait tout sacrifié pour y parvenir.

Si elle était restée à Londres, Harry aurait trouvé le moyen de lui nuire. D'ailleurs, s'il n'avait craint de voir ses amis se moquer de lui, il aurait contesté le divorce afin de ne pas la laisser partir. Elle en était convaincue.

S'efforçant de ne pas penser à cette période difficile, elle entra par la porte latérale du café et, après l'avoir verrouillée derrière elle, se dirigea vers l'escalier tandis que Harley grimpait déjà devant elle à toute allure. Combien de temps pourraient-ils encore rester là ? se demanda Abby en le suivant plus lentement.

Une fois chez elle, elle se rendit dans la petite cuisine pour y déposer ses courses et lui préparer sa gamelle. Le logement comprenait par ailleurs un salon — décoré et meublé avec ce qu'elle avait acheté chez les brocanteurs du coin et dans une salle des ventes —, un coin repas, ainsi qu'une chambre de taille raisonnable avec une salle de bains adjacente. Cela ne ressemblait en rien à l'appartement luxueux où elle avait vécu avec Harry mais, pourtant, c'était un vrai paradis pour Abby.

Paradis qu'elle devrait, hélas, bientôt quitter.

Après avoir nourri Harley, elle alla ouvrir la porte du réfrigérateur et en contempla le contenu sans enthousiasme. Puis elle décida de prendre sa douche avant de se préparer à dîner.

Plus de trois semaines s'étaient écoulées depuis le matin où Luke était apparu dans le café, songea-t-elle en laissant l'eau bien chaude ruisseler sur son corps. Elle se remémora leur altercation ce même jour, quand elle l'avait mis à la porte… Et quand, elle lui avait demandé de partir.

Abby savait que c'était à cause de lui qu'elle se sentait un peu déprimée. Et pas seulement à cause de son projet. De toute évidence, Luke lui en voulait toujours, et continuait de la considérer comme coupable. Mais elle n'avait pas l'intention de lui dire la vérité. De toute façon, il lui aurait renvoyé ses paroles à la figure.

Et, depuis son installation à Ashford, elle avait tiré un

trait sur son misérable passé avec Harry. Elle n'y repensait que de temps en temps, lorsqu'elle allait se recueillir sur la tombe de sa mère, par exemple.

Seigneur, heureusement que celle-ci n'avait jamais soupçonné à quel point sa fille était malheureuse, elle aurait été horrifiée.

Sortant de la cabine de douche, Abby s'enveloppa dans une grande serviette lorsqu'elle entendit frapper à la porte d'en bas. Ou plus exactement cogner à la porte.

Harley se mit aussitôt à aboyer.

Qui cela pouvait-il être ? S'il s'agissait de Greg Hughes, pas question de le laisser entrer. Mais non, ce n'était pas son genre de débarquer à une heure aussi tardive.

Les aboiements de Harley redoublèrent alors que l'inconnu recommençait à tambouriner sur la porte. Si Abby ne mettait pas fin à ce vacarme, Joan Miller, qui tenait la boutique de cadeaux jouxtant le café — et qui elle aussi vivait au-dessus de son commerce —, allait finir par s'inquiéter...

Abby reposa la serviette sur le portant, s'essuya rapidement les cheveux avant d'enfiler son peignoir en tissu-éponge dont elle noua la ceinture à la hâte. Puis elle se rendit au salon où Harley faisait un raffut épouvantable.

— Du calme ! dit-elle d'un ton de reproche quand il vint tourner autour d'elle en remuant la queue.

Après avoir ouvert la porte donnant sur l'escalier, elle appuya sur l'interrupteur tandis que Harley dévalait les marches en jappant joyeusement. Ce ne pouvait pas être Lori, tout de même...

Une fois arrivée au rez-de-chaussée, Abby s'arrêta derrière la porte.

— Qui est-ce ?

— C'est moi.

Luke ! Que venait-il faire chez elle à une heure pareille ?

— Je… Je ne suis pas présentable. Qu'est-ce que tu veux ?

Harley recommença à aboyer.

— Ouvre cette fichue porte, Abby ! s'exclama Luke avec impatience. Tu veux que j'attrape une pneumonie, ou quoi ?

Elle fut tentée de répondre qu'elle s'en fichait, mais ç'aurait été un mensonge. Après une dernière hésitation, elle ouvrit.

Il pleuvait des cordes, en effet, et Luke était trempé. Sa veste grise, sans doute en cachemire, était presque entièrement noire de pluie.

Se penchant pour saisir Harley par le collier, elle recula sans réfléchir. Aussitôt, Luke s'engouffra à l'intérieur avant de refermer la porte derrière lui. Puis il s'y appuya et contempla Abby en plissant les paupières.

Son regard se promena sur ses cheveux mouillés, descendit sur sa gorge, son buste… À quoi pensait-il ? se demanda Abby en réprimant un frisson. Pourquoi était-il là ? Pas pour lui donner de mauvaises nouvelles, au moins ?

Elle se reprocha aussitôt de s'interroger ainsi. Il n'avait absolument pas le droit de débarquer chez elle sans prévenir. Mais bien sûr, cet idiot de Harley qui l'avait accueilli en lui faisant la fête se précipitait maintenant vers l'escalier en espérant de toute évidence que Luke le suivrait…

Le labrador traversa le salon à toute vitesse, pour aller chercher son jouet favori et l'apporter à Luke…

— Pourquoi es-tu trempé ? demanda-t-elle enfin.

— Je suis venu à pied de la place principale — et figure-toi qu'il est impossible de rester sec quand il pleut.

Ah, ah… Sarcastique, en plus…

Eh bien, elle n'avait plus qu'à passer devant lui, rouvrir la porte et lui intimer de s'en aller… Mais d'abord, elle devait connaître la raison de cette visite tardive.

— Tu ferais peut-être mieux de monter, dit-elle. Il fait froid, en bas.

— Ah ? Tu crois ?

Préférant ignorer cette nouvelle pique, Abby commença à gravir les marches de bois, terriblement consciente de la proximité de Luke derrière elle. Et du fait qu'elle était pieds nus, que son peignoir s'arrêtait au-dessus du genou — et qu'elle ne portait rien dessous…

Quand elle pénétra dans le salon, la pièce lui parut affreusement banale. Le sofa tapissé de tissu à fleurs avait connu des jours meilleurs, même si elle l'avait égayé avec des coussins colorés. Et, Luke devait être accoutumé à un tout autre standing… Sans doute possédait-il une bonne demi-douzaine de maisons, à présent.

Heureusement, grâce à la présence de Harley et des lampes disposées çà et là, le salon dégageait une atmosphère cosy et accueillante. Après être entré derrière elle, Luke referma la porte.

Ils étaient seuls, chez elle.

— Tu devrais peut-être ôter ta veste ?

— Merci.

Après avoir posé le vêtement trempé sur le dos d'une chaise, il ajouta d'un ton plus aimable :

— Il fait froid pour cette époque de l'année.

— Oui, plutôt.

— Tu vis ici depuis longtemps ? demanda-t-il en regardant autour de lui.

— Un peu plus de quatre ans. Pourquoi cette question ?

— Par simple curiosité. Tu es venue à Ashford-St-James directement après avoir quitté Londres ?

— Et toi, pourquoi es-tu ici ?

Il fronça les sourcils sans répondre tandis qu'elle baissait les yeux sur sa chemise en soie bordeaux, sur laquelle tranchait une cravate gris perle légèrement desserrée au-dessous du col italien entrouvert. Luke était d'une beauté ténébreuse. Sans parler de ce pantalon gris anthracite qui, mouillé, moulait ses cuisses musclées…

— Alors, tu es restée avec Laurence pendant plus d'un an après l'épisode du Parker ? dit-il soudain d'un ton provocateur. Cela a dû te faire un sacré choc quand il t'a fichue dehors.

— C'est pour cela que tu es venu ? s'indigna Abby, écœurée. Qu'est-ce que tu cherches, Luke ? À justifier ton comportement ?

— Pardon ? dit-il, l'air incrédule.

— Oui. Tu es incapable de lâcher prise, n'est-ce pas ? Eh bien, désolée de te décevoir, mais c'est moi qui ai quitté Harry, et non l'inverse.

— Ce n'est pas pour parler de cela que je suis venu, se défendit-il en lui décochant un regard noir.

Elle resserra les pans de son peignoir sur son buste.

— Pourquoi, alors ?

Cette fois, ç'en fut trop pour Luke. Il s'avança vers elle et l'embrassa.

Le désir le submergea aussitôt, brûlant, irrépressible. Refermant les mains sur les hanches d'Abby, il la serra contre lui à l'étouffer. Une excitation incroyable s'était emparée de lui. Qu'y avait-il chez cette femme pour le troubler ainsi et lui faire perdre tout contrôle de lui-même ?

Quand elle laissa échapper un faible gémissement de protestation avant de creuser les reins pour mieux sentir son membre durci, Luke craignit de jouir tout de suite. Se raidissant contre les émotions qui déferlaient en lui, il se força à se ressaisir. Il était venu voir Abby pour parler de la pétition lancée par Greg Hughes, pas pour se ridiculiser une nouvelle fois.

Mais elle était si belle, si désirable… Incapable de résister, il fit remonter ses mains sur ses seins puis, tout en continuant de dévorer sa bouche, il écarta les pans du peignoir en éponge.

La ceinture céda, dévoilant le corps nu d'Abby, et Luke recula pour promener son regard avide sur ses courbes ravissantes.

— Tu es aussi belle que je l'avais imaginé…

6.

Dès que la bouche de Luke s'était refermée sur la sienne, Abby avait renoncé à lutter. Plongeant son regard dans le sien, elle y vit du désir, ainsi qu'une autre émotion. Du ressentiment ? De la réticence à admettre le désir qu'il éprouvait pour elle ?

Abby déglutit avec peine. S'imaginait-il qu'elle souhaitait oublier le passé ? Ou se donner à lui pour sauver son café ? Seigneur, elle s'égarait... Cet homme était son ennemi, point final.

Et pourtant, elle ne pouvait nier que les mains lui caressant les seins, les pouces titillant leurs pointes gonflées, faisaient naître des sensations délicieuses au plus profond de son être.

— Tu es si belle, murmura-t-il. Je n'ai pas pu résister...

— Luke...

— Encore... J'aime entendre mon prénom sur tes lèvres, murmura-t-il en faisant glisser le peignoir sur ses épaules. Tu sais que j'ai envie de toi, n'est-ce pas ? Tu l'as su dès le premier soir...

— Peut-être, mais moi je ne te désire pas, répliqua Abby d'un ton peu convaincu.

Au même instant, le peignoir tomba sur le plancher et Luke la souleva dans ses bras.

— Je ne te crois pas...

Il entendit bien Harley protester mollement, mais traversa le salon sans un regard en arrière.

Dans la chambre d'Abby, le lit était ouvert, et un délicieux parfum exotique émanait de la salle de bains adjacente. Refermant la porte d'un coup de pied, Luke s'avança vers le lit pour y déposer son précieux fardeau.

Puis, après s'être débarrassé de ses boots, il s'allongea à côté d'elle et reprit ses lèvres. Aussitôt, elle lui referma les mains sur la nuque en le serrant contre elle.

Le goût de sa bouche était aussi divin que dans son souvenir, sa douceur aussi incroyable. Tout en continuant de l'embrasser, il effleura son cou, à l'endroit où le pouls palpitait sauvagement.

Puis il laissa glisser ses mains sur sa gorge, s'aventura entre ses seins, et quand elle se mit à trembler sous ses caresses, Luke faillit perdre tout contrôle.

Abby tira alors sur sa chemise, défit la ceinture du jean, la fermeture Éclair… Il ne fallut qu'une seconde à Luke pour achever de se déshabiller.

Lorsqu'elle toucha soudain l'extrémité de son membre viril, il pensa qu'il n'avait pas de préservatif sous la main. Mais il était hors de question qu'il s'éloigne d'Abby pour aller en chercher un dans son portefeuille…

Pour la première fois de sa vie, il se sentait l'esclave de son propre désir. Glissant fébrilement une main entre leurs deux corps, il caressa le bourgeon gorgé de désir puis le sexe offert… Et, quand Abby se mit à gémir sans retenue, il la pénétra tandis qu'elle soulevait les hanches pour mieux l'accueillir. Presque aussitôt, elle s'abandonna à la jouissance.

Luke laissa échapper une plainte. Il aurait voulu prolonger ces instants fabuleux, savourer plus longtemps la merveilleuse sensation d'être en elle, mais l'intensité de son orgasme et la caresse sensuelle de ses seins contre son torse, achevèrent de lui faire perdre la tête.

Avec un long gémissement rauque, Luke la suivit dans l'extase.

Elle sentit quelque chose sur sa joue…

Sans ouvrir les yeux, Abby tendit la main et rencontra… un museau froid et humide.

Surprise, elle souleva les paupières pour voir Harley installé à côté d'elle sur le lit. Il lui avait léché le visage pour la réveiller et, à en juger par la rapidité avec laquelle il sauta au bas du lit et se précipita vers la porte ouverte, il avait un besoin urgent de sortir.

Se redressant sur son séant, elle tourna les yeux vers la fenêtre. Il ne faisait pas encore complètement jour, mais un rai de lumière filtrait entre les rideaux.

Abby alluma la lampe de chevet et baissa les yeux sur le réveil. Même pas 5 heures…

Elle s'empara d'un vieux pantalon de jogging et d'un T-shirt en frissonnant.

Où était Luke ? Elle contempla le creux dans le second oreiller. Elle n'avait pas rêvé, il avait bien dormi là. Et il fallait bien que quelqu'un ait ouvert la porte de la chambre…

Le salon était vide, la cuisine aussi. Après avoir enfilé ses espadrilles, Abby remarqua que les lampes étaient éteintes.

Comme Harley s'impatientait, elle descendit au rez-de-chaussée et traversa le café en direction de la porte donnant sur le petit jardin situé à l'arrière. Puis, après avoir laissé le labrador sortir, elle resta là à l'attendre, gelée.

Non, elle n'avait pas rêvé, songea-t-elle de nouveau en refermant les bras sur son buste. Ses seins étaient sensibles, et entre ses jambes, une légère douleur lui rappelait la vigueur de l'étreinte partagée avec Luke. Elle n'avait pas non plus imaginé l'orgasme fulgurant qui l'avait submergée, ni celui qui l'avait suivi un peu plus tard…

Jamais elle n'avait ressenti pareille explosion, pareille exultation de tous ses sens. Et certainement pas avec Harry.

Mais que penser, maintenant… Que Luke était venu assouvir son désir avant de s'en aller sans même lui dire au revoir ?

La porte laissée entrebâillée s'ouvrit brusquement sur Harley qui bondit à l'intérieur, s'attendant à voir sa maîtresse lui donner son biscuit habituel.

— Oui, oui… Une minute ! soupira Abby tandis qu'il s'agitait dans ses jambes. Si tu pouvais parler, tu me dirais à quelle heure il est parti…

Une fois remontée à l'appartement avec Harley, elle décida de ne pas se recoucher. De toute façon, elle ne réussirait pas à se rendormir.

S'étant appliquée à dissimuler les rougeurs sur son menton et son cou sous une bonne couche de fond de teint et un col roulé, Abby fut vite rassurée : les clients se contentaient de lui dire bonjour en souriant comme d'habitude. Et puis, la pluie ayant recommencé à tomber, leurs propos tournaient principalement autour du mauvais temps et de la fraîcheur inhabituelle pour la saison.

Plus tard, après l'arrivée de Lori, alors qu'elles discutaient ensemble des livres attendus pour ce matin-là, Joan Miller entra dans le café.

Charmante et sympathique, Joan était une célibataire d'une soixantaine d'années, et une cliente assidue du café et de la librairie. Lectrice avide et passionnée, elle lisait en tricotant quantité de pulls, gilets, et écharpes, tous destinés aux petits-enfants de sa sœur.

Et le fait de ne pas avoir d'homme dans sa vie ne semblait pas la déranger le moins du monde.

— Bonjour, Abby ! s'exclama-t-elle en s'arrêtant devant le bar. Vous allez bien ? J'ai entendu Harley aboyer hier soir et j'ai failli venir voir si tout allait bien. Mais il pleuvait tellement… Et puis, je me suis dit que si vous aviez eu un problème, vous m'auriez appelée, n'est-ce pas ?

Abby retint un gémissement. À en juger par le regard interrogateur de Lori, elle allait devoir inventer une histoire qui tienne le coup…

— Ah ! Harley avait trouvé une grosse araignée ! répliqua-t-elle avec un petit rire désinvolte. Vous savez à quel point il déteste ces bestioles !

— Vous me rassurez, soupira Joan, l'air soulagé. Je craignais que ce type ne soit revenu vous importuner.

— Quel type ? demanda Abby en haussant les sourcils.

— Oh ! Vous savez, ce Morelli qui est venu vous voir il y a quelques semaines.

Elle s'interrompit un instant en plissant le front.

— C'est Greg qui m'en a parlé. Depuis qu'il a lancé sa pétition, je m'attends à voir réapparaître Morelli un jour ou l'autre.

— De quelle pétition parlez-vous ? demanda Abby, perplexe.

— Il y en a plusieurs ? repartit Joan, l'air franchement amusé, à présent. Celle destinée à la Commission du patrimoine, bien sûr, et dans laquelle Greg demande que ces maisons soient classées monuments historiques. Vous l'avez forcément eue entre les mains… Aux dernières nouvelles, Greg avait rassemblé plus d'une centaine de signatures.

7.

S'arrêtant de faire les cent pas, Luke se tourna vers Ben Stacey, assis derrière son bureau.

— Quelles sont leurs chances, d'après toi ?

— Comment veux-tu que je le sache ! s'exclama Ben en haussant les épaules. Je suis un agent immobilier, un évaluateur, Luke. Nous nous occupons occasionnellement de monuments classés, c'est vrai, mais dans ce cas-là il s'agit en général de constructions présentant un intérêt d'ordre historique ou architectural. Je n'aurais jamais pensé qu'une rangée de boutiques vouées à la démolition entrerait dans cette catégorie.

— Moi non plus, répliqua Luke avec impatience. Je suis certain que Hughes a lancé cette pétition pour m'obliger à lui verser des indemnités…

— Je croyais qu'il avait dépassé les cent signatures, fit remarquer Ben en haussant les sourcils.

— En effet. Mais je suis certain de ce que j'avance.

Vraiment ? Après la façon dont il s'était comporté avec elle une semaine plus tôt, Abby n'avait pas non plus de raison de lui vouloir du bien… N'avait-il pas couché avec elle avant de s'en aller sans même lui dire au revoir ? C'était impardonnable.

Cela n'avait pas été son intention, pourtant. Quitter son lit lui avait même coûté un effort surhumain. Il aurait préféré rester, mais ç'aurait été absurde. Désirait-il qu'Abby le croie incapable de lui résister ?

Elle ne le lui pardonnerait jamais, songea Luke. Pas plus qu'il ne se le pardonnait lui-même, d'ailleurs. Ce n'était pas pour la séduire qu'il s'était rendu à Ashford-St-James. Il comptait lui parler, l'interroger à propos de la pétition évoquée par Felix. Rien de plus.

Mais, quand elle avait ouvert la porte, les joues roses, tout juste sortie de la douche, qu'il l'avait devinée nue sous ce peignoir enfilé à la hâte, il avait perdu la tête.

Encore maintenant, il sentait son délicieux parfum de femme !

— Alors, qu'est-ce que tu envisages de faire ?

Planté devant la fenêtre et regardant dehors sans rien voir, Luke se retourna brusquement vers Ben.

— À propos de quoi ?

Son collègue et ami plissa un instant les paupières.

— De la pétition, évidemment. Pour l'amour du ciel, qu'est-ce que tu as ? Tu n'as rien écouté de ce que je t'ai dit durant les cinq dernières minutes.

— Excuse-moi, répliqua Luke avec un sourire d'excuse. Je rêvassais.

— Eh bien, le sujet de ta rêverie devait être passionnant, fit remarquer Ben avec un petit sourire moqueur. Si tu me permets d'avancer une hypothèse, je dirais qu'il y a une femme là-dessous…

Il s'interrompit un instant avant d'ajouter :

— Je me trompe ?

Irrité, Luke se passa la main dans les cheveux.

— Oui, des femmes sont impliquées dans cette pétition, en effet. Et alors ? lança-t-il en évitant de croiser le regard de Ben. De toute façon, je ferais mieux de m'en aller, j'ai des tas de choses à faire, aujourd'hui.

— Très bien, acquiesça Ben se levant. Tiens moi au courant si tu as du nouveau !

— D'accord. Et de ton côté, si tu croises quelqu'un qui s'y connaît en la matière, demande-lui de m'appeler, OK ?

— Pas de problème, répliqua Ben en souriant. Et… Salue la dame en question pour moi !

Abby rentrait après avoir sorti Harley comme chaque soir, lorsqu'elle aperçut la voiture gris métallisé garée au bout de la rue.

Ignorant la pluie qui recommençait à tomber, elle s'arrêta en contemplant le véhicule. Personne de sa connaissance ne possédait une Bentley…

Cela faisait plus d'une semaine que Luke était monté chez elle. Et, s'étant renseignée depuis sur la pétition lancée par Greg, elle s'était dit que c'était sans doute à cause de cela qu'il était venu la voir…

Harley manifestant son impatience, Abby se raidit d'instinct lorsque la portière de la Bentley s'ouvrit. Fascinée, elle vit se déployer une longue jambe, une seconde…

Les mains crispées sur la laisse, elle retint à grand-peine le labrador, impatient de bondir vers la haute silhouette familière émergeant du véhicule. Mais au lieu de venir vers eux, Luke se retourna pour parler à quelqu'un. Sa petite amie ?

Après avoir refermé la portière, Luke s'appuya contre la carrosserie, sombre et outrageusement beau dans un costume bleu marine, une chemise de soie noire et une cravate bleu nuit.

La dernière fois qu'elle l'avait vu, il était nu entre ses bras, consumé par le même désir qu'elle…

Refoulant les souvenirs brûlants qui se bousculaient dans son esprit, elle se ressaisit. Il avait un sacré culot de revenir ! S'attendait-il à ce qu'elle fasse comme si rien ne s'était passé une semaine plus tôt ?

— Allez, viens, Abby ! Je te dépose au café. Sinon tu vas vite être trempée — et moi aussi.

— Cela semble être une habitude, chez toi, répliqua-t-elle sans réfléchir. Que veux-tu, Luke ? Si tu t'inquiètes à propos de la pétition, va voir Greg !

Quand il s'écarta de la voiture, Harley se mit à aboyer en tirant comme un fou sur sa laisse.

— Lâche-le, Abby ! s'exclama Luke avec impatience. À moins que tu ne veuilles te retrouver les fesses dans la boue ?

Résolue à ne pas céder, Abby s'avança. Or pour regagner le café, elle devait passer devant la Bentley. Évitant délibérément de regarder à l'intérieur, elle accéléra le pas, mais Harley s'agitant de plus en plus, elle fut obligée de le libérer.

Profitant de l'inévitable mêlée qui s'ensuivit, elle s'éloigna presque en courant et arriva devant sa porte hors d'haleine. Elle ne put retenir un sourire satisfait en imaginant les dégâts qu'avaient dû causer les pattes de Harley sur le costume raffiné…

Après avoir laissé la porte ouverte pour le chien, qui devait être mort de faim, elle se débarrassa rapidement de ses chaussures mouillées, puis se pencha pour les ramasser et monta l'escalier. Une fois dans la cuisine, elle ôta son manteau et le posa sur le dossier d'une chaise pour le laisser sécher. Ensuite, elle mit au four la pizza achetée en route.

Une fois au salon, Abby évita de se regarder dans le miroir mais du coin de l'œil, elle ne put s'empêcher d'apercevoir sa natte à moitié défaite. Et alors ? se dit-elle en se repoussant une mèche humide derrière l'oreille. Pourquoi se serait-elle souciée de son apparence ? Peu importait qu'elle ait plu ou non à Luke. C'était fini, tout cela.

À cet instant, elle entendit la porte d'entrée grincer, puis le bruit des pattes de Harley résonner dans l'escalier. Il allait se précipiter à la cuisine pour boire, comme d'habitude ; il avait toujours soif, après une balade.

Elle n'avait plus qu'à descendre fermer la porte. Si Luke attendait dehors dans l'espoir qu'elle l'invite à monter, il se faisait des illusions.

Mais quand elle arriva en haut des marches et baissa les yeux, elle s'arrêta net : il était là, dans l'entrée, trempé, nonchalamment adossé à la porte…

Elle s'attendait peut-être à ce qu'il attende dehors ? songea Luke en voyant une expression indignée passer sur les traits d'Abby.

Son attitude était néanmoins justifiée, reconnut-il. Lui-même se méprisait encore d'être venu, mais il devait la revoir. Ne serait-ce que pour se prouver qu'il exagérait l'emprise qu'elle exerçait sur lui, ainsi que l'intensité du désir qui l'empêchait de trouver le sommeil.

Hélas, quand il la regarda, Luke eut la très nette impression que, au contraire, il n'avait rien exagéré du tout.

Abby était ravissante et incroyablement sexy, dans un jean moulant qui mettait en valeur la rondeur de ses hanches et de son adorable postérieur. En haut, elle portait un chemisier rose dragée entrouvert à l'encolure, dévoilant ainsi la naissance de ses seins doux et fermes.

— Je peux monter ? J'aimerais te parler.

— Pourquoi me demander la permission ? répliqua-t-elle froidement. Tu n'en fais qu'à ta tête, de toute façon.

— Abby…, soupira-t-il en s'écartant de la porte. Je sais que je t'ai blessée…

— Tu crois ?

— Mais nous avons des choses à nous dire.

Dès qu'il la rejoignit en haut des marches, elle lui tourna le dos et rentra dans l'appartement.

— Ah ? Au revoir, par exemple ?

Sans tenir compte de ses paroles, Luke ferma la porte du salon derrière lui, puis se retourna vers Abby au moment où elle disparaissait dans la cuisine.

— Je sais que je me suis conduit comme un salaud, la dernière fois, commença-t-il. Alors laisse-moi au moins m'excuser.

Après avoir sorti un grand sac d'un placard — de la nourriture pour chien, constata-t-il en s'approchant —, elle se pencha pour remplir la gamelle de Harley.

— Vas-y, mange. Tu mourais de faim, hein ?

Luke s'avança vers elle.

— Et toi, tu as faim ?

— Qu'est-ce que cela peut te faire ? Je ne t'invite pas à dîner.

— Non, je sais. C'est moi qui allais te proposer d'aller dîner avec moi.

— Tu plaisantes ?

— Pas du tout. D'après mon père, il y a un pub dans le village voisin où l'on sert des steaks convenables. Laisse-moi te montrer que je ne suis pas le sale égoïste que tu crois.

— Parce que tu penses me convaincre du contraire en m'offrant un steak ? répliqua-t-elle, l'air incrédule.

— Non. Mais cela pourrait m'aider à te persuader que je regrette de m'être conduit comme un goujat avec toi.

— Et, bien sûr, cela n'a aucun rapport avec la pétition dont tu as forcément entendu parler ? répliqua-t-elle avec hauteur. Tu es sûr de ne pas être venu pour te renseigner, comme la première fois ?

Luke se défendit avec force.

— Mon invitation n'a rien à voir avec la pétition de Hughes !

Comme elle le contemplait toujours d'un air dubitatif, il se retint de la persuader de façon plus… physique. Il brûlait de la prendre dans ses bras…

— J'aimerais pouvoir te parler sans être interrompu par Harley, reprit-il d'une voix plus posée. Ou par un client.

8.

Elle devait refuser, songea Abby. Elle allait refuser…

— De quoi veux-tu discuter ? Si tu n'étais pas parti en douce l'autre jour, nous aurions pu parler.

— Tu aurais voulu que tes voisins me voient sortir de chez toi juste avant l'ouverture du café ? riposta-t-il d'une voix crispée.

— Ne me dis pas que tu es parti au milieu de la nuit pour protéger ma réputation !

— Non, pas exactement…

— Pas du tout, le corrigea-t-elle avec dédain. Je suis sidérée que tu aies eu le toupet de revenir.

— Pourtant, cela devrait te renseigner sur ma personnalité. Allez, Abby, donne-moi une chance…

— Je ne suis pas habillée pour sortir, répliqua-t-elle pour gagner du temps. Et ton costume est mouillé.

— Il va sécher. Et je te trouve très bien comme tu es.

Mais oui, bien sûr…

— Je suis sincère, insista-t-il, le regard soudain sombre. Tu ne peux plus douter de ma parole, maintenant que nous avons couché ensemble.

Après un instant d'hésitation, Abby redressa le menton.

— En tout cas, je n'ai pas l'intention de recommencer.

— Entendu. Alors, tu viens dîner avec moi ?

— Je dois d'abord prendre une douche.

Peut-être finirait-il pas perdre patience et s'en aller…

— Tu la prendras plus tard, dit-il nonchalamment en croisant les bras.

Soudain, elle se ravisa. Après tout, il n'y avait aucun mal à aller dîner au pub avec Luke. Et puis il lui devait bien ça, en effet !

— D'accord, acquiesça-t-elle en se dirigeant vers sa chambre, après avoir éteint le four. J'en ai pour une minute : je voudrais simplement me recoiffer.

Par sécurité, elle ferma néanmoins la porte à clé derrière elle avant de gagner la salle de bains. Parce que même si elle s'efforçait de se justifier à ses propres yeux, Abby savait très bien que s'il l'avait suivie, elle n'aurait pas pu lui résister…

Quand ils redescendirent au rez-de-chaussée cinq minutes plus tard, elle songea tout à coup que Luke n'était pas venu seul et se tourna vivement vers lui.

— Hé, attends ! s'exclama-t-elle en lui posant la main sur le bras. Tu es venu avec quelqu'un, non ? Si c'est l'une de tes petites amies…

— Je n'ai pas de petite amie, l'interrompit-il avec humeur. Viens, je vais te présenter Felix.

Quand il ouvrit la porte donnant sur la rue, Abby découvrit avec surprise que la Bentley les attendait de l'autre côté de la rue, en stationnement interdit.

La portière côté conducteur s'ouvrit, et un homme habillé tout en noir descendit du véhicule — légèrement plus âgé que Luke, mince, presque chauve, et le visage avenant.

Il ouvrit la portière arrière en souriant.

— Bonsoir, mademoiselle, dit-il d'un ton aimable. Sale temps, n'est-ce pas ?

Confuse, Abby se tourna vers Luke, qui lui sourit à son tour.

— Monte — et ne fais pas attention à Felix, dit-il avec humour. Il oublie souvent qu'il est à mon service.

— Il travaille pour toi ? dit-elle en ouvrant de grands yeux.

— Il devrait, en tout cas, répartit-il d'un ton pince-sans-rire. Je te présente Felix Laidlaw, chauffeur, maître d'hôtel, et accessoirement cuisinier — n'est-ce pas, Felix ?

— Si vous le dites… Mais ne prenez pas ce qu'il dit trop au sérieux, mademoiselle. Nous nous connaissons depuis des années, Luke et moi, nous avons été soldats ensemble.

Une fois que Luke se fut installé à côté d'elle, le prénommé Felix se pencha vers lui avant d'ajouter :

— Et là-bas, il s'agissait vraiment de servir…

Luke fronça les sourcils, comme pour lui intimer de ne pas continuer, mais son homme à tout faire n'en eut cure.

— Il m'a sauvé la vie, figurez-vous. En Afghanistan. Il y a maintenant plus de dix ans de cela, n'est-ce pas, Luke ?

— Allons-y, répliqua celui-ci en se détournant. Le Bell, à Chitterford. Mon père vous a indiqué le chemin.

De toute évidence, sa brusquerie n'avait pas froissé Felix qui parla de tout et de rien durant tout le trajet. Ce qui arrangea bien Abby — et Luke, à en juger par la façon dont il garda le visage tourné vers la vitre.

Lorsqu'ils descendirent de voiture, il dit à Felix qu'il l'appellerait lorsqu'ils seraient prêts à partir, et celui-ci hocha la tête en souriant.

Le Bell, un petit établissement dont le restaurant était réputé, dégageait une atmosphère chaleureuse et accueillante qui plut d'emblée à Abby. Elle et Luke suivirent bientôt la serveuse amène qui les conduisit vers une table pour deux.

Abby contempla la nappe immaculée sur laquelle trônait un bouquet de roses ainsi qu'une petite lampe au pied de porcelaine dont l'abat-jour orangé diffusait une lumière douce.

— Charmant, comme endroit, dit-elle.

— Oui, mon père a eu raison de me le recommander.

Lorsque la serveuse revint leur demander s'ils souhaitaient prendre un apéritif, Luke dut se rappeler leur première rencontre car il commanda un verre de chardonnay et une bière.

— Tu m'as dit qu'il vivait à Bath, en effet, répliqua-t-elle lorsque la jeune femme se fut éloignée.

Puis, embarrassée par la façon dont Luke la regardait, elle répéta :

— C'est vraiment charmant, ici.

— Toi aussi, tu es charmante. Ravissante, même.

Abby se sentit aussitôt rougir…

— Parle-moi plutôt de Felix.

— Que veux-tu savoir ?

— Oh ! Je ne sais pas, répondit-elle d'un ton évasif.

Elle redressa la tête.

— Comment tu lui as sauvé la vie, par exemple.

— Il exagère.

— Vraiment ? Ce n'est pas l'impression qu'il m'a donnée.

— Nous étions tous les deux à bord d'un hélicoptère et, quand j'ai dû faire un atterrissage forcé, Felix a été blessé. Je n'ai fait que le sortir de l'appareil.

— Il était en feu ?

— Ne me fais pas passer pour un héros, Abby, dit-il avec un sourire de dérision.

— Mais tu sais piloter un hélicoptère ?

— Parlons d'autre chose, s'il te plaît. Tes parents habitent-ils dans la région ?

— Non… J'avais cinq ans lorsque mon père a été tué dans un accident de voiture, et ma mère est décédée… Il y a quelques années.

— Je suis désolé.

Après un léger silence, il souleva le menu.

— Alors, qu'aimerais-tu manger ?

Abby eut du mal à choisir, puis se décida pour les

roulades de *prosciutto* à l'avocat en entrée, suivi du filet de bar et noix de Saint-Jacques à la sauce au beurre blanc. La serveuse revenant avec les apéritifs, Luke jeta un bref coup d'œil au menu et commanda la même entrée et un steak.

Quand la jeune femme fut repartie, le silence s'installa, jusqu'à ce qu'Abby repose son verre en disant :

— Et toi ? Tu m'as parlé un peu de ton père, mais tu n'as pas fait allusion à ta mère.

— Pour la simple raison qu'elle est partie quand j'avais dix ans, répliqua-t-il d'une voix crispée. Mon père n'est pas pauvre, mais elle lui a préféré un homme plus fortuné.

— Tu la vois de temps en temps ?

— Non. La dernière fois que j'ai eu de ses nouvelles, elle en était à son quatrième mari. Je ne sais pas où elle vit et je m'en fiche royalement.

Il ne s'en fichait pas tant que cela, soupçonna Abby en l'observant. Après avoir hésité, elle risqua la question qui lui brûlait les lèvres.

— C'est pour cela que tu ne t'es jamais marié ?

— Je l'ai été, Abby, répondit-il d'un ton amer. En fait, j'ai épousé la femme que je fréquentais avant de te rencontrer.

Confuse, elle resta silencieuse un instant avant de répliquer avec défi :

— Donc tu n'étais pas libre non plus, à l'époque.

— Oh ! si, j'étais libre, Abby. Je ne fais pas dans le long terme, n'importe qui aurait pu te le confirmer.

— Mais…

— Mais j'ai été assez stupide pour penser que tu étais aussi innocente que tu en avais l'air, la coupa-t-il. Alors que, surprise, j'ai découvert brutalement que tu ne l'étais pas.

Comme elle demeurait de nouveau silencieuse, il poursuivit sur le même ton amer :

— Mon mariage n'a pas duré. Comme je le disais il y a un instant, je ne suis pas doué pour les relations longues.

Mais Sonia n'en a pas souffert. Je suis même certain qu'elle s'était renseignée sur l'état de mon compte en banque avant d'accepter de m'épouser.

— Quel cynisme ! ne put s'empêcher de s'exclamer Abby.

— Cela t'étonne ? Vas-tu me dire que toi, tu en es dépourvue ?

— Je l'espère, en tout cas. Et pourtant j'aurais sans doute davantage de raisons d'être cynique que toi.

— Tu me pardonneras de ne pas compatir à ton sort, riposta-t-il avec mépris.

Elle pinça les lèvres, tentée de s'en aller sur-le-champ. Mais la serveuse revenant avec les entrées, Abby baissa les yeux sur son assiette et retint la réplique cinglante qui lui montait aux lèvres.

Dès que la jeune femme se fut de nouveau éclipsée après leur avoir souhaité bon appétit, elle redressa la tête et regarda Luke droit dans les yeux.

— Tu crois vraiment que j'ai encore envie de manger, après cela ?

— Ne compte pas sur moi pour m'excuser, soupira-t-il.

— Je ne te le demande pas. Je vais prendre un taxi.

Mais quand elle voulut se lever de sa chaise, il tendit le bras et la retint par le poignet.

— Je n'aurais pas dû reparler de cette vieille histoire. Mais c'est toi qui as commencé en me posant des questions sur ma mère. Elle a presque détruit la vie de mon père, bon sang !

— Et c'est une excuse, d'après toi ?

— Oui.

— Sous-entendrais-tu par là que j'ai presque détruit ta vie ?

— Euh… non, répondit-il en plissant le front.

Il resserra les doigts autour du poignet d'Abby.

— Ne t'en va pas, murmura-il. Ce qui s'est passé autrefois ne change rien au fait que je te désire encore.

Une délicieuse chaleur parcourut Abby. Il n'aurait servi à rien de nier qu'elle désirait Luke autant qu'il la désirait.

— Qu'attends-tu de moi ? demanda-t-elle avec calme en se dégageant.

— Que tu restes. Je te promets de me tenir tranquille…, dit-il avec un petit sourire en coin. Pourquoi ne pas passer une soirée agréable ? La nourriture a l'air excellente, reconnais-le, et en dépit de ce que j'ai pu dire, je suis très heureux d'être ici avec toi.

— Tu le penses vraiment ?

Le regard de Luke fouilla le sien, dense, incandescent.

— Oui, et tu le sais.

— Très bien, répliqua Abby d'une voix mal assurée. Ça a l'air délicieux, en effet.

— Alors mange, et bois ton chardonnay. Que dit-on, déjà ? Que l'alcool adoucit les mœurs ?

— Je crois que c'est plutôt la musique, répliqua-t-elle avec un sourire. Mais je reconnais que ce vin est divinement bon.

Après avoir débuté de façon laborieuse, la soirée se révéla la plus agréable qu'elle eût passée depuis bien longtemps. Quand il ne faisait pas dans la provocation ou le sarcasme, Luke était un compagnon des plus charmants. Ce qu'elle savait déjà, songea Abby en repensant à leur première rencontre, au Parker.

En d'autres circonstances, elle aurait même pu l'aimer…

Sans les frais exorbitants nécessités par la maladie de sa mère, elle aurait demandé le divorce et quitté son pervers de mari, sans hésiter.

Réprimant la tristesse qui l'envahissait, Abby se rappela

brusquement qu'elle devait se lever à 5 heures le lendemain matin pour aller s'approvisionner chez les grossistes… Dès qu'elle en parla à Luke, il appela Felix qui vint aussitôt les chercher.

Mais comme il était à peine plus de 22 heures quand ils regagnèrent Ashford, Abby se sentit obligée de l'inviter à monter prendre un café — d'autant qu'il n'en avait pas pris au restaurant pour ne pas la retarder.

— Voulez-vous vous joindre à nous, Felix ? demanda-t-elle, espérant à moitié que celui-ci accepte sa proposition.

Mais il la déclina, expliquant qu'il allait dîner dans un restaurant fast-food qu'il avait repéré en traversant Ashford.

Quand ils entrèrent chez elle, Abby fut heureuse que Harley monopolise l'attention de Luke. De toute évidence, celui-ci avait conquis le labrador qui lui tournait autour en laissant échapper des petits jappements ravis.

Les laissant au salon, elle alla préparer le café à la cuisine.

Elle versait de l'eau frémissante dans le filtre lorsqu'elle comprit que Luke l'avait suivi et l'observait, appuyé contre le chambranle de la porte.

Il avait desserré sa cravate, déboutonné sa chemise à l'encolure et remonté ses manches, laissant voir ses avant-bras couverts d'une fine toison brune.

À quel moment avait-il ôté sa veste ? Quant à elle, pourquoi l'imaginait-elle nu ?

Parce qu'il était scandaleusement sexy…

Se forçant à détourner les yeux, Abby se concentra sur le café, bien déterminée à ne pas craquer.

Mais, seule avec lui dans l'intimité de son petit appartement, elle sentait tout son corps palpiter, se réjouir, réclamer…

— Tu ne veux pas aller t'asseoir ? demanda-t-elle d'un ton un peu crispé.

Elle s'interrompit avant d'ajouter à la hâte :

— Tu me rends nerveuse.

— Vraiment ? demanda-t-il en haussant un sourcil brun.

— Tu le sais très bien, répliqua-t-elle sans le regarder. Cela t'amuse, de troubler les gens ?

Cette fois, il plissa le front, l'air dérouté.

— Pardon ? Je peux savoir ce que j'ai fait pour mériter ça ?

— Rien, soupira Abby. Tu n'as rien fait, excuse-moi. Je suis fatiguée, c'est tout. La journée a été longue.

— Et tu veux que je m'en aille, c'est cela ?

Non, surtout pas !

Elle leva les yeux vers lui et plongea son regard dans le sien.

— Je… Fais comme tu veux, dit-elle d'une voix rauque. Pars ou reste, ça m'est égal.

9.

Non seulement elle lui avait menti, mais dès que Luke ouvrit la bouche, Abby comprit son erreur.

— Même si ce que je veux, c'est aller au lit avec toi ? demanda-t-il d'un ton désinvolte en s'écartant de la porte.

Elle le regarda, le souffle court.

— Je t'ai dit dès le début de la soirée…

— Oui, je n'ai pas oublié, l'interrompit-il avec un soupir. Allons donc prendre le café, comme des gens civilisés.

Quelques instants plus tard, Abby déposait un plateau sur la table basse, devant la cheminée. Et le sofa se trouvant juste à côté, elle ne put faire autrement que s'y installer…

— Merci.

Luke s'adossa confortablement avant d'ajouter d'un ton ironique :

— On est bien, non ? Dire que j'ai failli refuser de monter…

— Alors, tu comprends pourquoi j'aurai du mal à quitter cet endroit, maintenant, répliqua Abby sur le même ton.

— Ah ! Je vois… Tu m'as invité à boire un café pour parler de la pétition, c'est cela ?

Se penchant en avant, il reposa sa tasse sur le plateau.

— Je suppose que tu fais partie des cent et quelques personnes qui l'ont signée ?

— Eh bien, non, répliqua-t-elle sèchement. Avant d'en

entendre parler par Joan Miller, j'ignorais tout de cette pétition, figure-toi.

Il la regarda en haussant les sourcils.

— Et je suis censé te croire ?

— Crois ce que tu veux. Mais je ne suis pas une menteuse.

— Tu ne l'as pas signée, mais tu es d'accord avec son contenu, puisque tu viens de dire que tu auras du mal à partir d'ici, insista-t-il en allongeant les jambes devant lui.

— Oui, je regretterai de devoir m'en aller, soupira Abby. Mais Greg ne m'a pas demandé de signer sa pétition. De toute évidence, il a pensé que je refuserais.

— Et pourquoi cela ?

— À ton avis?

— Je n'en sais rien. D'où ma question.

— Parce qu'il pense sans doute que je suis… une amie à toi, répondit-elle avec un haussement d'épaules. Il n'est pas stupide, il a bien compris que nous nous connaissions… avant.

— Et que lui as-tu dit ?

Craignant qu'il ne se rende compte que ses mains tremblaient, Abby reposa sa tasse à son tour.

— Rien, répondit-elle d'un ton neutre. Qu'aurais-je pu lui dire ? Que nous nous étions rencontrés il y a cinq ans dans un bar à vins ? Et que tu avais été prêt à défendre mon honneur, avant de découvrir que j'étais une épouse infidèle ?

Elle s'interrompit un instant.

— Aurais-tu préféré que je lui raconte que tu avais pris ta revanche en me séduisant il y a une semaine ? Que tu avais… profité de moi, disons, avant de disparaître sans même me dire au revoir ?

— Tu déformes la réalité ! protesta Luke en se raidissant. Comment peux-tu m'accuser d'avoir profité de toi ? Tu ne m'as pas vraiment repoussé, que je sache !

— Je crois que tu ferais mieux de t'en aller, déclara Abby en se levant.

— Pourquoi ?

Quand leurs regards se croisèrent, la chaleur qui couvait au fond de celui de Luke l'envoûta malgré elle.

— Tu n'aimes pas la tournure que prend la conversation ? reprit-il d'une voix douce. Peux-tu affirmer sincèrement que tu ne me désires pas autant que je te désire ?

Ordonnant, sans grand succès, à Harley de rester là où il se trouvait, elle s'avança vers la porte.

— Va-t'en, s'il te plaît, dit-elle à Luke sans le regarder. Il est trop tard pour ce genre de discussion.

— Entièrement d'accord.

Bondissant sur ses pieds, il la rejoignit et l'attira contre lui avant d'enfouir le visage dans son cou.

— Cesse de résister, Abby, murmura-t-il. Tu ne peux pas imaginer l'effet que tu me fais.

— Non… Luke !

Je t'en supplie, se retint-elle d'ajouter. Mais la langue chaude de Luke la cajolait déjà là où son pouls battait sauvagement, en même temps qu'il lui caressait la joue du bout des doigts. Son pouce trouva bientôt sa bouche, lui entrouvrit les lèvres, se glissa entre elles…

— Dis-moi d'arrêter…

Incapable de nier le désir qui enflait en elle, au plus intime de son être, Abby lui lécha le pouce. Luke était une véritable drogue, songea-t-elle confusément. Maintenant qu'elle avait goûté au plaisir dans ses bras, elle brûlait de recommencer.

La main de Luke quitta sa bouche et glissa sur son cou, sa gorge. S'arrêtant sur son sein, il en caressa la pointe sous le chemisier de coton fin, la faisant haleter malgré elle.

Pouvait-elle vraiment s'abandonner au désir qui la

dévorait ? À la volupté que seul Luke avait le pouvoir de faire naître en elle ?

— Tu veux que je m'en aille ? demanda-t-il d'une voix rauque.

Lorsqu'il lui prit le menton pour lever son visage vers le sien, Abby ne tenta pas de résister et lui offrit sa bouche.

Un vertige la gagna. Sa chaleur virile l'enveloppait, semblable à un cocon de désir. Posant les mains sur son torse, elle sentit le cœur de Luke battre à un rythme effréné. Elle ferma un instant les yeux et caressa la soie fine en se laissant sombrer dans une sorte de brume sensuelle.

Les doigts tremblants, Abby déboutonna sa chemise, caressa sa peau douce et chaude.

— Abby, protesta Luke d'une voix rauque.

Elle l'ignora, enivrée par le goût de sel et la sensation de la fine toison brune sous ses doigts. Des souvenirs brûlants lui remontaient à la mémoire. Elle se rappela Luke cinq ans plus tôt, tandis qu'il l'embrassait dans l'Aston Martin verte. Elle se souvint de la nervosité affreuse qui l'avait saisie quand elle l'avait appelé. Elle le revit au Parker, au moment où Harry lui disait la vérité.

Et maintenant, voulait-elle qu'il la prenne pour une femme facile ?

Luke glissa une jambe musclée entre les siennes, son érection se pressant contre son ventre tandis qu'Abby sentait une chaleur liquide l'envahir.

Au même instant, Harley poussa un petit jappement plaintif, la faisant redescendre aussitôt sur terre.

Emergeant du délicieux cocon, elle se rappela alors que, même s'il la désirait, Luke croyait qu'elle était restée avec Harry par intérêt. Qu'il la prenait toujours pour une infidèle qui avait voulu s'amuser, le temps d'une soirée.

En outre, il s'apprêtait à les expulser, elle et ses voisins.

Le souffle court, Abby s'écarta et recula d'un pas.

— On peut parler ? demanda-t-elle.

Luke fronça les sourcils, l'air incrédule.

— Tu plaisantes ?

— Non.

— Abby… Tu ne peux pas avoir envie de parler dans un moment pareil ! s'exclama-t-il, une légère irritation dans la voix. Et de quoi, bon sang ?

— De Harry, répondit-elle en soutenant son regard.

— La question est réglée, non ?

— Pas en ce qui me concerne. Je voudrais t'expliquer pourquoi je suis restée avec lui.

— Oh ! Non… Tu ne vas pas recommencer ! soupira-t-il, l'air soudain las. Je sais pourquoi tu es restée avec lui.

— Non, tu n'en sais rien.

— Je ne suis pas idiot, Abby. Ce type était une vache à lait. Tu n'es pas la première à t'être mariée par intérêt.

— Tu te trompes complètement.

— Vraiment ?

Il la regarda un instant en plissant les yeux.

— Ne me vois pas comme une cible potentielle, Abby. J'ai déjà donné et je ne m'y laisserai pas prendre une seconde fois.

— Tu n'es qu'un salaud !

— Tu l'as déjà dit. Tu pourrais peut-être te renouveler ?

— Tu crois sérieusement que je vais accepter de devenir ta maîtresse ? riposta-t-elle avec colère.

— Pourquoi pas ?

Écœurée, Abby serra les poings à s'en faire mal.

— Ce n'est pas parce que je t'ai cédé la dernière fois que je suis à ta disposition !

— Qui t'a parlé d'être à ma disposition ? demanda-t-il en l'observant avec attention.

— Ce n'était pas la peine.

— Pardonne-moi, rétorqua-t-il d'un ton sarcastique.

Mais j'ai du mal à ressentir de la compassion envers une femme qui a trompé autrefois son mari.

— Tu ne sais rien de mon mariage avec Harry.

— Et je ne veux rien en savoir, répliqua-t-il en tendant la main vers sa veste, posée sur le bras du fauteuil. Tu as raison, je devrais sans doute m'en aller.

— En effet, acquiesça sèchement Abby.

Mais au lieu de prendre sa veste, Luke lui posa la main sur le poignet, la glissa sous sa manche, remonta sur son bras nu…

Elle essaya bien de reculer, mais la caresse de ses doigts eut raison de sa volonté. Tous ses sens s'éveillaient, et elle fondait littéralement sous ses mains…

Sans lui laisser le temps de protester, il se laissa tomber sur le sofa en l'entraînant avec lui, puis la fit rouler sur le dos.

— Qu'est-ce que tu disais tout à l'heure ? murmura-t-il avec arrogance contre sa bouche. Que tu ne deviendrais pas ma maîtresse ?

10.

Luke revint d'Edimbourg de fort mauvaise humeur. Comme il fallait s'y attendre, il avait fait un temps exécrable, et la conférence à laquelle il avait participé avait été d'un ennui mortel. En plus de cela, il avait passé les trois derniers jours à repousser les avances de la fille de son hôte, qui, manifestement, se prenait pour une déesse irrésistible.

Pour couronner le tout, le retour lui avait paru interminable et, après avoir travaillé un moment sur son ordinateur portable, il avait passé le reste du voyage à regarder le paysage défiler derrière la vitre.

Felix avait eu beau faire de son mieux pour tenter de le distraire, Luke n'avait pu lui répondre autrement que par monosyllabes. Ensuite, lorsque Felix lui avait demandé s'il pouvait mettre de la musique, il avait répliqué qu'il n'y voyait pas d'inconvénient — avant de faire monter néanmoins l'écran séparant l'arrière et l'avant du véhicule. Aussitôt, Felix avait éteint la stéréo, et le silence avait régné à bord, jusqu'à l'arrivée à Eaton Close.

Une fois rentré chez lui, Luke prit une douche et enfila un jean et un T-shirt. Mme Webb, la gouvernante, lui avait préparé un excellent dîner mais, après avoir mangé le saumon fumé, il ne fit que picorer le porc braisé aux légumes, et ne toucha pas à la mousse au chocolat.

Mme Webb débarrassa la table en fronçant les sourcils d'un air désapprobateur mais sans faire de commentaire, avant de lui demander s'il apprécierait de prendre le café dans la bibliothèque.

— Mais oui, répondit-il avec un sourire forcé. Très bonne idée !

À vrai dire, le seul mot « café » suffisait à le troubler. Plusieurs semaines s'étaient écoulées depuis cette fameuse soirée à Ashford, chez Abby, mais les souvenirs en demeuraient très vivaces. Et lui rappelaient que dès qu'il s'agissait de cette femme, il perdait tout contrôle de lui-même.

Pour la énième fois, Luke se demanda pourquoi il était retourné la voir, alors qu'il n'avait pas du tout l'intention d'entamer une liaison avec elle. Il avait seulement voulu lui prouver qu'il n'était pas le salaud qu'elle pensait.

Eh bien, ç'avait été plutôt raté…

Enfin, pas complètement, car il avait apprécié leur dîner en tête à tête. Trop apprécié, sans doute. Et, succombant une fois de plus à son charme, il avait fait ce que n'importe quel homme digne de ce nom aurait fait avec elle.

Leur étreinte avait été incroyable, il ne pouvait le nier. Passionnée, fabuleuse.

Cela n'excusait toutefois en rien son comportement.

Quand ils s'étaient séparés, il n'avait pas demandé à Abby s'il pourrait la revoir. Alors que pourtant il n'avait pas du tout eu envie de la quitter. Mais Felix l'attendait, et Luke s'était convaincu qu'il n'avait rien à se reprocher. Après tout, elle avait été aussi excitée que lui…

Peut-être, mais il aurait pu au moins se fendre d'un coup de fil. En vérité, il n'arrivait pas à accepter le fait qu'elle détienne toujours un tel pouvoir sur lui. Cela ne lui était jamais arrivé, avant Abby. Avec aucune femme.

Et en dépit de l'emploi du temps chaotique qui avait été le sien dernièrement, il ne parvenait pas à l'oublier. Alors qu'elle avait trompé son mari, bon sang ! Mais il avait beau se le répéter, la duplicité d'Abby ne l'empêchait pas de penser sans cesse à elle.

Abby se réveilla avec un mal de tête épouvantable, ce qui n'était pas dans ses habitudes. Pas plus que la nausée qui lui monta aux lèvres dès qu'elle descendit du lit. Elle aurait volontiers fait la grasse matinée mais, hélas, elle ne pouvait se le permettre.

Quand elle se dirigea vers la salle de bains, tout se mit soudain à vaciller autour d'elle, et elle eut à peine le temps d'atteindre les toilettes avant de vomir.

Après s'être douchée et habillée, Abby descendit rapidement au rez-de-chaussée pour faire sortir Harley dans le petit jardin. Puis, après l'avoir ramené à l'appartement, elle redescendit mettre la machine à café en route. Et comme elle avait un peu de retard, elle ne prit pas le temps de déjeuner, se contentant d'une tasse de thé préparée à la hâte.

Une chance qu'elle n'ait pas à aller chez les grossistes ce matin-là ! Mais, hélas, l'odeur de la pâte à gâteau lui redonna vite la nausée, si bien qu'elle dut se faire griller une tranche de pain.

Après l'avoir mangée, elle se sentit mieux, et put se remettre à la confection des pâtisseries. Il faudrait vraiment qu'elle embauche quelqu'un en plus de Lori, se dit Abby un peu plus tard en sortant une fournée de muffins du four.

Quelle idiote ! Dans quelques mois, elle n'aurait plus de café ! Par conséquent, au lieu d'envisager d'embaucher du personnel, elle ferait mieux de réfléchir sérieusement à d'autres projets.

À vrai dire, elle avait évité de penser à l'avenir après avoir compris que Luke n'avait pas l'intention de la revoir. Depuis sa dernière visite, il n'avait même pas pris la peine de lui téléphoner.

Au fond, tout était sa faute. Jamais elle n'aurait dû l'inviter à monter prendre un café. Mais après cette délicieuse soirée, Abby aurait trouvé mesquin de le congédier sans le lui proposer.

En réalité, elle avait voulu prolonger la soirée, reconnut-elle en déposant les muffins sur un plateau. Et après avoir affirmé qu'il était hors de question qu'elle devienne sa maîtresse, elle s'était laissée renverser sur le sofa !

Ils s'étaient déshabillés l'un l'autre à la hâte, puis, perdant complètement la tête, elle s'était abandonnée au plaisir. Abby se rappela la façon dont, après s'être redressé au-dessus d'elle, Luke avait penché la tête avant de l'embrasser là, entre les cuisses, à l'endroit même où pulsait son désir. Il l'avait caressée avec sa langue tandis que, les doigts enfouis dans ses cheveux épais, elle s'envolait rapidement vers l'extase.

Ensuite, il l'avait pénétrée et, alors qu'elle était certaine de ne plus jouir, elle avait été de nouveau emportée par une vague de volupté incroyable, en même temps qu'elle sentait la semence de Luke se répandre en elle.

Celui-ci n'avait pas filé en douce au beau milieu de la nuit, cette fois. Il était parti à la première heure, certes, mais pas sans lui dire au revoir. Il l'avait même embrassée avec une telle ardeur qu'Abby avait eu la nette impression qu'il n'avait pas du tout envie de la quitter. Mais, sachant que Felix l'attendait dans la Bentley, elle n'avait pas tenté de le retenir.

Par moments, elle avait le sentiment que son passé et son futur étaient liés à lui. Que Luke avait infléchi le cours de sa vie de façon irrévocable. Le fait de le rencontrer avait eu des répercussions désastreuses sur son couple, même s'il n'y avait été pour rien. C'était elle qui avait pris le risque de mettre son mariage en péril. Et elle l'avait payé cher. Harry y avait veillé.

À présent, Luke semblait avoir un effet tout aussi dévastateur sur son présent. Mais cette fois-ci elle n'était pas la seule à en pâtir.

Cinq ans plus tôt, elle était venue s'installer à Ashford-St-James pour tirer un trait définitif sur son triste passé. En pensant ne jamais revoir Luke ou Harry. De son côté, Luke n'avait sans doute jamais compté se retrouver face à elle.

La vie réservait assurément des surprises, et pouvait se montrer très cruelle, songea Abby en mettant à refroidir la dernière fournée de muffins.

À une autre époque, et dans d'autres circonstances, elle et Luke auraient peut-être eu une chance de développer une vraie relation amoureuse. Cette idée lui plaisait énormément. Elle adorait être avec lui, s'avoua-t-elle soudain.

L'aimait-elle ?

Abby soupira. Cinq ans plus tôt, elle aurait pu l'aimer, c'était certain. Sinon, elle ne l'aurait jamais appelé tard ce soir-là pour lui proposer d'aller la rejoindre, dans un endroit où elle était certaine que Harry ne mettait jamais les pieds…

Il lui avait fallu beaucoup de courage pour prendre le téléphone. Mais après ce qui s'était passé avec Harry, elle était dans un tel état qu'elle devait parler à quelqu'un. À un être humain qui ne déformerait pas la moindre de ses paroles pour la retourner contre elle.

Harry était devenu expert en la matière. Il avait toujours répété qu'il ne pouvait avoir confiance en elle, mais avec le recul, Abby s'était rendu compte qu'il s'était servi de cet argument pour justifier ses propres infidélités et son comportement abject.

Ce soir-là, après lui avoir lancé des accusations ridicules à la figure, il s'était rué sur elle, les yeux étincelants d'une telle rage qu'elle avait soudain craint qu'il la tue. De toute évidence, le fait de l'effrayer le faisait jouir, mais quand il lui avait refermé les mains autour de la gorge, elle avait soupçonné qu'il était lui-même surpris par sa propre violence. Les yeux toujours étincelants d'une lueur mauvaise, il l'avait lâchée brutalement, avant de sortir en trombe de l'appartement en disant qu'il allait à son club et ne rentrerait que le lendemain matin.

Durant quelques minutes, Abby était d'abord restée recroquevillée sur le sol, encore sous le choc. Elle avait bien entendu la porte d'entrée claquer, mais cela ne prouvait rien. Harry avait feint de s'en aller à plusieurs reprises, avant de revenir un peu plus tard, pour la surprendre.

Ensuite, heureuse d'être encore en vie, elle s'était forcée à se redresser, puis s'était traînée jusqu'à la salle de bains. Là, elle avait constaté avec soulagement qu'elle ne saignait nulle part. Harry laissait rarement des traces des traitements cruels qu'il lui infligeait mais, cette fois, il avait manifestement perdu tout contrôle.

Non seulement elle avait des bleus sur les bras, mais aussi sur le cou.

Horrifiée, elle avait failli s'évanouir et, se sentant meurtrie dans tout son être, elle était restée longtemps sous la douche, dans l'espoir d'effacer de son esprit les souvenirs de ces heures affreuses. Mais même l'eau brûlante n'avait pu la réchauffer.

Puis, se souvenant soudain que Luke Morelli lui avait donné sa carte, Abby était sortie de la douche et s'était rendue dans la chambre, paniquée à l'idée de l'avoir peut-être jetée…

Mais le petit carton blanc était bien là, dissimulé parmi ses sous-vêtements. Où avait-elle ensuite trouvé la force de l'appeler ? De prendre ce risque insensé ?

Cinq ans après, elle se souvenait encore du frisson qui l'avait parcourue en le voyant assis au bar, qui l'attendait.

Quand il s'était tourné vers elle, Abby avait eu envie de se jeter dans ses bras…

En milieu de matinée, Lori quitta la librairie pour venir boire un café comme d'habitude et, profitant de fait qu'il y avait un peu moins de monde, Abby décida de l'accompagner.

— Un muffin à la banane ? demanda-t-elle en souriant.

— J'allais te le demander ! répliqua la jeune femme mince en s'appuyant du coude au comptoir. Si je travaillais ici toute la journée, je crois que je goûterais à tous tes gâteaux — et je deviendrais un vrai tonneau !

— Toi ? Jamais de la vie ! s'exclama Abby en déposant le muffin sur une petite assiette. Vas-y, savoure…

— Hum… Fabuleux !

— Je suis contente que tu aimes. C'est une nouvelle recette que j'ai…

L'accès de nausée fut si violent qu'Abby reposa son capuccino en laissant échapper un gémissement. Puis, levant la main d'un geste d'excuse, elle se précipita vers les toilettes.

Après avoir vomi le peu qu'elle avait ingurgité, elle se passait de l'eau froide sur le visage lorsque Lori frappa à la porte.

— Ça va ? dit-elle en la regardant d'un air inquiet.

Abby jeta la serviette en papier dans la poubelle et se força à sourire.

— Ça va mieux, merci… Excuse-moi.

— Tu n'as vraiment pas à t'excuser ! se récria son amie en lui passant un bras autour des épaules. Cela t'arrive souvent ?

— Non. Je me sens un peu patraque depuis quelques jours, mais je n'avais pas vomi jusqu'à aujourd'hui.

— Tu as mangé quelque chose de suspect, récemment ?

— Euh… Non. Enfin, je ne crois pas.

Lori s'écarta en se mordillant la lèvre, l'air embarrassé.

— Ne le prends pas mal, surtout, mais tu ne pourrais pas être enceinte, n'est-ce pas ? Tu es un peu… pâlichonne, ces temps-ci.

Abby la regarda en réprimant un brusque assaut de panique.

— Enceinte ? répéta-t-elle. Je… Bien sûr que non !

— Mais tu as revu ce Luke Morelli, non ? insista Lori, visiblement mal à l'aise. Je l'ai reconnu, la première fois qu'il est venu au café.

Elle se mordilla de nouveau la lèvre.

— Que veux-tu… C'est la faute des magazines people… Je l'avais vu en photo plusieurs fois, la plupart du temps avec une superbe créature à son bras.

À cette simple pensée, Abby fut assaillie par une nouvelle vague de nausée.

— Luke Morelli est une vraie célébrité, tu sais, poursuivit Lori.

— Ah bon ? Et comment sais-tu que je l'ai revu ? demanda-t-elle prudemment.

— C'est Greg qui m'en a parlé, soupira son amie. Quelle pipelette, celui-là ! Je ne l'aurais pas cru, bien sûr, mais Joan Miller, qui était là, a dit qu'elle avait vu la voiture de Morelli il y a quelques semaines, garée à proximité du café.

— Oui, il est passé, reconnut Abby, la bouche soudain sèche. Je… Je le connaissais avant de venir ici, Lori. Je l'ai rencontré il y a plusieurs années, à Londres. À l'époque où j'étais encore mariée.

— Cela ne me regarde pas ! s'empressa de protester son amie. Et tu as probablement attrapé un virus, c'est tout.

— Oui, ça doit être un virus, tu as raison.

Mais Lori n'avait pas l'air convaincue.

— Je devrais peut-être te dire que Greg pense que tu uses de ton influence auprès de Luke Morelli pour faire arrêter le projet, reprit celle-ci après un léger silence.

— Quoi ? s'écria Abby, éberluée.

— Oui. Il est persuadé que c'est pour cela que tu l'as revu. Il dit que tu es la seule à pouvoir le faire changer d'avis.

11.

Angelica Ryan, l'assistante de Luke, l'attendait quand il arriva au bureau, l'air inquiet.

Tôt ce matin-là, elle l'avait appelé pour l'informer qu'une lettre était arrivée pour lui, postée à Bath et portant la mention « Privé et confidentiel ».

Alors qu'il n'avait pas prévu de venir à Canary Wharf, Luke avait changé ses plans pour passer la prendre, pensant qu'il s'agissait peut-être d'un courrier envoyé par le médecin de son père.

La dernière fois qu'il l'avait vu, celui-ci s'était plaint d'une douleur à l'épaule. Et, même si son médecin avait affirmé que ce n'était rien de grave, Luke savait que son grand-père ayant souffert d'une angine de poitrine, son père craignait de développer à son tour le même mal.

L'enveloppe ne portait pas le cachet du cabinet médical, remarqua-t-il avec soulagement. En fait, elle avait l'air tout à fait inoffensive. Mais qui avait bien pu lui écrire au bureau ? S'il s'agissait d'un courrier personnel, pourquoi ne pas le lui avoir envoyé chez lui ?

Préférant l'ouvrir sans témoin, il se dirigea vers son bureau.

— Vous avez besoin de quelque chose, monsieur Morelli ? demanda Angelica en le suivant.

— Non, merci.

Dès que son assistante se fut retirée et eut refermé la

porte derrière elle, Luke s'assit à son bureau et tendit la main vers le coupe-papier, impatient de découvrir le contenu de la mystérieuse enveloppe.

Abby s'apprêtait à fermer le café lorsqu'elle entendit la porte s'ouvrir derrière elle et se raidit d'instinct.

Depuis qu'elle avait envoyé sa lettre à Luke à la seule adresse qu'elle ait pu trouver, elle s'attendait à sa venue, sûre qu'il préférerait se déplacer plutôt que téléphoner.

C'était lui, en effet. Vêtu d'un jean et d'un T-shirt moulant noir, tenant du bout d'un doigt une veste en daim vert foncé sur son épaule, il était superbe. Et follement sexy.

— Bonjour, dit-il en s'arrêtant au milieu du café.

Les quelques clients encore présents dans la librairie se turent aussitôt.

— Bonjour, répliqua-t-elle, paniquée à la perspective de voir Lori apparaître…

Lissant nerveusement sa jupe, Abby regretta de l'avoir choisie aussi courte. Il était hors de question que Luke pense qu'elle cherchait à le séduire. Mais, ne pouvant rester indéfiniment derrière le comptoir, elle se dirigea vers la librairie et, comme elle s'y attendait, rencontra Lori qui arrivait en sens inverse.

— Je vais monter, Lori, dit-elle à la hâte. Tu veux bien fermer, quand tu auras terminé ?

— Bien sûr.

Son amie tourna les yeux vers Luke avant d'ajouter :

— Bonne soirée, et à demain.

— Merci, toi aussi.

Puis, faisant signe à Luke de la suivre, elle s'avança vers l'escalier.

Habitué à sortir à cette heure-là, Harley l'attendait avec

impatience derrière la porte, mais dès qu'il aperçut Luke, il sembla moins pressé d'aller faire son petit tour habituel.

Luke se pencha pour lui gratter les oreilles tandis qu'Abby, en proie à une nervosité sans nom, se dirigeait vers la cuisine.

— Tu veux un café ? Un thé ?

Du coin de l'œil, elle le vit poser sa veste sur le dossier du sofa, puis contempler un instant les coussins. Se rappelait-il ce qui s'était passé là quelques semaines plus tôt ? Rien ne transparut sur ses traits, en tout cas.

Tranquillement, il vint la rejoindre à la cuisine et s'arrêta en face d'elle, de l'autre côté du petit bar.

— Je suppose que tu ne m'as pas demandé de venir pour parler de la pluie et du beau temps, commença-t-il en haussant un sourcil. Que se passe-t-il ? Hughes a-t-il obtenu gain de cause avec sa pétition ?

— Tu crois vraiment que je te le dirais, si c'était le cas ?

— Pourquoi voulais-tu me voir, alors ?

— Si je comprends bien, tu n'avais pas l'intention de revenir…

Luke la regarda en plissant les paupières.

— Tu espérais me revoir ? riposta-t-il d'un ton moqueur. Tu me plais beaucoup, Abby, je ne le nie pas. Et j'ai toujours envie de toi. Mais je t'ai prévenue : je ne fais pas dans le long terme. Surtout avec une femme en qui je ne peux pas avoir confiance.

Sidérée par son arrogance, elle en resta d'abord sans voix, avant de se ressaisir.

— Tu ne sais rien de moi, rétorqua-t-elle d'une voix glaciale. Tu ignores tout de ma vie !

— Je sais au moins que tu as trompé ton mari ! Je n'aimais pas ce salaud, mais il ne méritait pas d'être bafoué et ridiculisé.

— Ah, tu crois ? Tu ne le connaissais pas mais, comme

la plupart des hommes, tu reportes bien sûr la faute sur la femme. Harry était un salaud, en effet. Mais tu n'as rien à lui envier !

— Si tu m'as fait venir ici pour m'insulter…

— Non !

Seigneur, cette entrevue lui échappait complètement… Et si elle ne reprenait pas le contrôle de la situation, Luke allait repartir, sans qu'elle ait pu lui parler.

— Je suis enceinte, reprit-elle. Et avant que tu ne me poses la question : oui, de toi.

Luke eut l'impression d'avoir reçu un coup de poing en pleine poitrine. Cela ne pouvait pas être vrai, songea-t-il, son pouls lui martelant les tempes. Il avait pris ses précautions. Il utilisait toujours un préservatif. Même du temps où il était marié avec Sonia.

Brusquement, il se rappela la première fois qu'il était venu chez Abby, alors qu'il pleuvait à verse et qu'il était trempé. Et qu'elle sortait de la douche, toute douce, chaude, parfumée…

Ce soir-là, il avait vraiment perdu la tête…

Il regarda Abby en se massant la nuque dans l'espoir de contrôler le chaos d'émotions qui déferlaient en lui.

Non seulement la nouvelle lui faisait un choc — ce qui était compréhensible — mais il y avait autre chose.

La perspective de devenir père le stupéfiait. Abby, la femme dont il avait repoussé le souvenir pendant si longtemps, portait son enfant !

Les joues roses et l'air toujours aussi farouche, elle le dévisageait en silence. Cela avait dû lui coûter de lui annoncer cela, comprit Luke en soutenant son regard. D'autant plus qu'il venait de l'insulter…

— Eh bien ? commença-t-elle en redressant le menton.

Tu ne me traites pas de menteuse ? Tu viens pourtant de me dire que tu ne pouvais pas avoir confiance en moi, non ?

Il secoua la tête.

— Depuis quand le sais-tu ?

— J'ai fait deux tests de grossesse la semaine dernière. Ils étaient positifs tous les deux.

— Et tu es enceinte de combien ?

— Je compte garder cet enfant, dit-elle en se raidissant.

— T'ai-je demandé le contraire ? répliqua Luke d'une voix crispée. Je voulais simplement… Sais-tu de combien de semaines…

— Laisse-moi réfléchir, ironisa-t-elle. La première fois que nous avons couché ensemble, c'était il y a cinq — non, six semaines. Voilà, j'ai répondu à ta question.

— J'ai du mal à y croire…

— Je ne désirais pas non plus que cela arrive, tu sais. Mais quand j'en ai parlé avec une amie, elle m'a dit qu'il fallait que j'en parle à… au père.

Après l'avoir regardée un instant en silence, il se passa la main dans les cheveux.

— Finalement, j'accepterais bien une tasse de thé. Si cela ne te dérange pas, bien sûr.

— Du sucre ?

— Oui, deux, s'il te plaît.

Abby mit la bouilloire sur le feu, tandis que Luke regagnait le salon. Une fois assis sur le sofa, il ferma les yeux en se passant de nouveau les doigts dans les cheveux. Sa main tremblait. Jamais il ne se serait attendu à cela. Un bébé. Abby était enceinte. De lui. Il allait être père !

Laissant retomber la main, il prit une profonde inspiration. Et quand une truffe humide se posa soudain dans sa paume, il en éprouva une sensation étrangement réconfortante. Comprenant d'instinct que quelque chose n'allait pas, Harley le regardait de ses yeux bruns et doux.

— Dis donc mon vieux, commença Luke d'un ton faussement désinvolte. Qu'est-ce que tu vas faire, quand il y aura un bébé à la maison ?

Comme Abby posait une tasse devant lui, il leva les yeux vers elle, puis tapota le sofa.

— Viens. Il faut que nous parlions.

Après lui avoir lancé un regard méfiant, elle s'assit dans le fauteuil.

— Il n'y a pas grand-chose à dire, commença-t-elle. J'ai fait mon devoir : tu es au courant. Et quand le bébé sera né, je ne t'empêcherai pas de le voir, si tu le souhaites.

— Hé, une minute ! dit Luke en reposant sa tasse sur la table. Quand ai-je dit que vous vivriez loin de moi, toi et notre enfant ?

Abby le regarda en retenant son souffle, puis tira sa jupe trop courte sur ses cuisses.

— Ce n'est pas à toi d'en décider. Et j'espère que tu ne sous-entends pas que…

— Que je ne sous-entends pas quoi ?

— Que nous pourrions vivre ensemble.

— Pourquoi pas ? répliqua-t-il sans réfléchir.

— Oh ! non, Luke. Ce n'est pas toi qui vas faire la loi ! Tu as dit toi-même que tu n'étais pas doué pour le long terme. Et je n'ai pas l'intention d'exposer mon enfant à…

— Notre enfant !

— À des situations scabreuses lorsque tu recevras tes maîtresses.

Luke bondit, fou de rage.

— De quel droit m'accuses-tu d'avoir des maîtresses ?

Quand elle se leva à son tour, il remarqua qu'elle reculait d'un pas avant de répliquer :

— Ce n'est pas ce que tu m'avais proposé de devenir ? Ta maîtresse ? Enfin, une maîtresse éphémère, puisque tu n'avais pas l'intention de me revoir, comme tu l'as reconnu toi-même tout à l'heure.

— Je n'ai pas dit cela, se défendit-il, les mâchoires crispées. De toute façon, c'était… avant.

— Avant que tu ne te retrouves pris au piège, c'est ça ? riposta Abby avec un rire dur. Eh bien, je vais t'apprendre quelque chose, Morelli…

— Ne m'appelle pas Morelli !

— Je n'ai pas l'intention de te piéger, poursuivit-elle. Ni de t'imposer ma présence. Nous sommes au XXIe siècle, Luke. Une femme n'a plus besoin d'être entretenue par un homme pour survivre, de nos jours. Pour l'instant, j'ai le café et, quand il fermera, je trouverai du travail. Ou un autre local, qui sait ? Mais de toute façon, je me débrouillerai très bien sans toi.

Luke se passa rageusement la main dans les cheveux.

— Tu ne peux pas m'empêcher de participer à la vie de mon enfant.

— Oh ! Mais si, je peux ! J'ai fait ce que j'avais à faire : je t'ai informé que j'étais enceinte de toi. Et après la naissance, nous pourrons partager la garde de notre enfant si tu le souhaites. Point final.

Elle avait raison, mais cela n'empêchait pas Luke de lui en vouloir ! Elle lui posait un *ultimatum* ! Et en dépit de ce qu'il avait affirmé un peu plus tôt, il avait désiré la revoir — comme un fou !

— J'ai besoin d'y réfléchir, dit-il.

Jamais il ne l'avait trouvée aussi désirable qu'en cet instant… La jupe courte mettait en valeur ses longues jambes nues, un débardeur échancré laissant entrevoir la naissance de ses seins…

Abby…

Mais elle se dirigeait déjà vers la porte.

— Je crois qu'il vaudrait mieux que tu t'en ailles, dit-elle d'un ton neutre. Merci d'être venu, et au revoir.

Il la suivit, mais quand elle s'effaça pour le laisser passer, Luke se tourna vers elle et appuya les mains sur le mur, de chaque côté de sa tête.

— Nous n'en avons pas terminé, tous les deux, dit-il en pressant son corps contre le sien.

Quand il pencha la tête et l'embrassa dans le cou, elle laissa échapper un soupir.

— Si, murmura-t-elle. Nous en avons terminé. Va-t'en, Luke. J'aurais préféré ne jamais te revoir.

12.

Les semaines suivantes, Luke se concentra sur son travail et passa davantage de temps au bureau que de coutume.

C'était le seul moyen de ne pas penser à elle.

Depuis qu'il avait quitté l'appartement d'Abby, il s'était efforcé de réfléchir à ce qu'elle lui avait dit. Et une chose était sûre : sa vie ne serait plus jamais la même.

Profondément ébranlé, il avait parlé sans réfléchir, certes, mais il était encore sous le choc, à ce moment-là.

Avec le recul, il craignait maintenant d'avoir détruit toute possibilité de relation entre eux.

Et alors ? Pourquoi cette éventualité le préoccupait-elle autant ? Luke se força à repenser qu'elle avait trompé Harry Laurence. Au fond, il ne pouvait même pas être certain qu'Abby était enceinte. Elle aurait très bien pu tout inventer pour tester sa réaction.

Mais au fond de son cœur il savait qu'elle avait dit la vérité. Il avait beau se répéter qu'il lui en voulait toujours à cause de ce qu'elle avait fait autrefois, il pressentait qu'il s'était mépris sur son compte.

Cela signifiait-il que Laurence n'avait pas été un saint, et que par conséquent, lui, Luke, s'était trompé sur toute la ligne ? Il rejeta aussitôt cette possibilité. Le soir où elle l'avait appelé pour lui proposer de la rejoindre au Parker, elle avait de toute façon agi dans le dos de son mari. Et si ce dernier avait vraiment été un salaud, elle aurait obtenu le divorce sans difficulté.

Baissant les yeux sur le plan qu'il était censé examiner, il se demanda soudain ce que devenait Harry Laurence. D'après ce qu'il avait entendu dire, celui-ci avait quitté la Bourse peu après son divorce. Peut-être avait-il désiré repartir de zéro ?

Il pourrait être intéressant de savoir pourquoi il avait demandé le divorce, et si c'était lui qui en avait pris l'initiative. Abby avait affirmé le contraire et, à vrai dire, Luke n'arrivait pas à l'imaginer collectionner les amants. Ce n'était pas son genre.

Que faisait-elle, à cet instant précis ? Pensait-elle à l'enfant qu'elle portait ? À leur enfant ?

Comme par hasard, ce fut Felix qui remarqua qu'il avait la tête ailleurs.

Alors qu'ils rentraient d'un rendez-vous à Oxford le lendemain, celui-ci demanda d'un ton détaché :

— Avez-vous décidé ce que vous allez faire, concernant les boutiques d'Ashford-St-James ? Et cette pétition, a-t-elle donné quelque chose ? Mais vous préférez peut-être ne pas en discuter…

Luke leva les yeux de son écran d'ordinateur.

— D'après nos avocats, ils n'ont aucune chance de faire arrêter le projet. Mais de mon côté j'ai réfléchi à la question.

— Ah oui ?

— J'en discute actuellement avec les architectes, nous envisageons d'apporter des modifications au projet initial.

— Des modifications ? répéta Felix d'un ton amusé.

— Oui, des modifications. De façon à pouvoir intégrer la rangée de boutiques à la galerie marchande qui conduira au supermarché proprement dit. Elles continueraient d'être louées, bien sûr. Et certains des commerçants concernés pourraient être intéressés.

— Cela se pourrait, en effet, acquiesça Felix en croisant le regard de Luke dans le rétroviseur. Notamment la gérante du café librairie, par exemple. Je suis certain qu'elle serait soulagée de pouvoir rester — ainsi que les autres commerçants.

— Vous êtes content de vous, hein ? dit Luke en plissant les yeux. Mais ne vous réjouissez pas trop vite : rien n'est encore fait.

— J'aime bien… Abby. C'est bien son prénom, n'est-ce pas ? Une belle femme ! Et charmante, en plus.

— Il n'y a pas que l'apparence qui compte, marmonna Luke.

Felix approuva d'un hochement de tête.

— De toute façon, je ne le fais pas seulement pour Abby Lacey.

— Bien sûr que non.

Se tournant et retournant dans son lit ce soir-là, Luke fut forcé de reconnaître qu'il avait menti. En dépit de tout ce qu'il s'était passé, et du fait qu'Abby avait affirmé ne plus rien vouloir avoir à faire avec lui, il avait pris cette décision pour elle.

Elle comptait beaucoup pour lui, depuis le début, sans doute. Et quoi qu'elle eût fait autrefois, il brûlait de la revoir. Jamais il n'avait ressenti un tel désir envers une autre femme. Il l'aimait, c'était aussi simple que cela.

Renonçant à trouver le sommeil, Luke descendit se préparer un café — et trouva Felix dans la cuisine, en train de siroter un thé en lisant le journal du matin.

Mme Webb était là elle aussi, racontant le dernier épisode de sa série télévisée préférée. Mais Luke était prêt à parier que Felix n'écoutait pas un mot de ce qu'elle disait.

— Luke ! s'exclama la gouvernante, stupéfaite.

Felix reposa son journal en haussant un sourcil.

— Vous êtes bien matinal, aujourd'hui, poursuivit Mme Webb. Il est à peine 6 h 30… Tout va bien ?

— Mais oui ! Pourquoi cela n'irait-il pas ?

Luke traversa la cuisine et se servit une tasse de café bien chaud.

— Je n'arrivais pas à dormir, c'est tout, alors je me suis dit que je ferais aussi bien de me lever. Et puis, comme je compte aller à Ashford ce matin, j'ai pensé qu'à cette heure-ci il y aurait un peu moins de circulation.

Felix se leva aussitôt.

— Je vais sortir la voiture.

— Merci, Felix. Je conduirai moi-même.

— Vous en êtes sûr ? demanda son chauffeur et ami en plissant le front.

— Certain. Vous pouvez prendre votre journée. Profitez-en pour aller voir votre fille, par exemple.

Avant d'entrer dans l'armée, Felix avait en effet eu une brève liaison dont était née une fille. Et même s'il n'avait jamais épousé la mère, lui et la jeune femme s'entendaient étonnamment bien.

— Elle est à Majorque avec son petit ami.

— Ah… Eh bien j'ai une idée : tâchez de savoir ce qu'est devenu un certain Harry Laurence, d'accord ? Débrouillez-vous pour savoir ce qu'il fait maintenant, qui il fréquente…

Ayant son premier rendez-vous de suivi de grossesse ce matin-là, Abby avait décidé de ne pas ouvrir le café de la journée. Lori ne pouvait s'occuper à la fois des clients du café et de ceux de la librairie, c'était impossible.

Mais comme elle se sentait très en forme en revenant du

cabinet médical, elle changea d'avis. Il suffirait d'appeler Lori, qui accepterait de venir, elle en était persuadée.

Brusquement, Abby vit la voiture garée en face du café et sentit aussitôt les battements de son cœur s'accélérer.

Une Aston Martin, si elle ne se trompait pas. Du genre de celle que conduisait Luke cinq ans plus tôt…

Si c'était bien lui, que faisait-il là ? Était-il venu lui donner — ainsi qu'aux autres — son préavis ?

D'instinct, elle posa la main sur son ventre. Se l'imaginait-elle, ou sentait-elle un léger renflement sous sa tunique ? Elle avait dépassé les huit semaines, à présent, et le médecin lui avait dit de revenir passer sa première échographie dans quinze jours. Elle allait avoir la preuve qu'elle portait bien un enfant…

Devait-elle demander à Luke s'il souhaitait l'accompagner ? Elle n'en avait pas envie, mais c'était son enfant aussi. Et s'il était libre ce jour-là, elle pressentait qu'il accepterait avec empressement.

Quand Abby se rapprocha de la voiture, la portière côté chauffeur s'ouvrit sur une longue jambe moulée de jean. C'était bien Luke, plus ténébreux et attirant que jamais, vêtu d'une chemise à col montant noire et chaussé d'élégants mocassins. Cousus main, probablement.

À sa grande surprise, il eut l'air soulagé de la voir. Sans doute avait-il vu la petite pancarte, à la porte du café.

Quand elle l'ôta, il la rejoignit et demanda en fronçant les sourcils :

— Tu vas bien ? Lorsque j'ai trouvé le café fermé, j'ai pensé que tu devais être malade.

— As-tu essayé la porte latérale ? Harley a dû…

— Oui, mais quand je l'ai entendu aboyer, je me suis dit qu'il était seul.

— Sinon, je me serais précipitée pour t'accueillir ? suggéra-t-elle, pince-sans-rire.

— Non, pas vraiment… Mais si tu avais été là, tu l'aurais fait taire.

Après avoir incliné la tête en silence, Abby se tourna vers la voiture.

— Il faut que tu ailles prendre un ticket, sinon tu vas avoir une amende.

— Eh bien, je la paierai ! répliqua-t-il d'un ton désinvolte. Enfin, Felix s'en occupera, c'est son rôle.

— Pourquoi es-tu ici, Luke ? Viens-tu nous annoncer que nous devons partir ? Si c'est le cas, je vais demander aux autres…

— Je ne suis pas venu pour demander à quiconque de partir, l'interrompit-il. Je voulais te voir.

— Ah… Et pourquoi ?

— Dois-je avoir une raison ? Allons bavarder à l'intérieur.

Évidemment, il était venu pour parler du bébé. Peut-être même envisageait-il de le lui prendre aussitôt après la naissance…

Non, il ne serait tout de même pas aussi cruel, se rassura-t-elle en déverrouillant la porte du café. Dès qu'elle fut entrée, Luke ne lui laissa même pas le temps de poser son sac. Il la poussa contre le mur, puis posa la main sur sa nuque et pencha son visage vers le sien.

Sa bouche était si chaude, si ferme et douce à la fois… Incapable de lui résister, Abby frémit en sentant son érection contre son ventre.

— J'étais fou d'inquiétude. Où étais-tu passée, bon sang ?

— Qu'est-ce que ça peut te faire ? répliqua-t-elle dans un souffle.

— Cesse de poser des questions stupides ! riposta-t-il avant de reprendre sa bouche.

Et cette fois, il se pressa délibérément contre elle pour lui faire sentir l'intensité de son désir.

— Je t'ai attendue une heure, murmura-t-il. J'ai envie

de toi, Abby. Je ne sais pas comment j'ai pu résister au désir de venir plus tôt.

— Tu as gardé tes distances parce que je te l'avais demandé.

Se libérant de son étreinte, elle s'empressa d'aller fermer la porte. Si Greg Hughes était passé par là et les avait vus s'embrasser à pleine bouche…

— Je suis allée chez le médecin, dit-elle en se tournant vers Luke. Pourquoi ne m'as-tu pas appelée avant de partir ? Je t'aurais dit de ne pas venir ce matin.

Sur ces mots, Abby se dirigea rapidement vers l'escalier. Harley s'était remis à aboyer, et elle ne tenait vraiment pas à attirer davantage l'attention des voisins. La présence de l'Aston Martin devait déjà suffisamment alimenter les commérages. Inutile d'en rajouter…

13.

Après avoir réussi à calmer l'enthousiasme quelque peu tapageur du labrador, Luke se tourna vers Abby.

Dans ce chemisier ample et ce short exposant ses jambes fuselées, elle dégageait une sensualité inouïe, mais il s'interdit de la toucher. Pour l'instant, du moins.

— Tu es allée chez le médecin ? Pourquoi ?

— Je suis enceinte, au cas où tu l'aurais oublié.

— Comme si j'étais susceptible d'oublier une chose pareille ! protesta-t-il d'une voix crispée. Mais, dis-moi, tout va bien ?

— Oui, répondit-elle en passant derrière le petit bar. Tu veux boire quelque chose ?

— Non, merci. Et qu'a dit le médecin ?

— Je n'ai pas retenu ce qu'il a dit exactement, soupira-t-elle. Je suis enceinte d'un peu plus de huit semaines, ma tension est bonne, et les nausées dont j'ai souffert au début ne reviendront sans doute pas. Voilà.

— J'ignorais que tu avais souffert de nausées.

— Cela t'étonne ?

Encaissant le reproche à peine voilé, Luke se passa les deux mains dans les cheveux.

— On peut s'asseoir ? Je voudrais te parler.

— Assieds-toi si tu veux. Je suis très bien debout.

— Tu es sûre que tu ne devrais pas t'asseoir ? Si j'ai bien compris, tu es revenue du cabinet médical à pied…

— Je suis enceinte, Luke, reprit-elle d'un ton ironique. Pas invalide.

— Oui, je sais… Mais je… je m'inquiète pour toi.

— Ça, c'est une première ! Qu'est-ce que tu veux, Luke ? S'il ne s'agit pas du café, tu veux sans doute parler du bébé ?

— Assieds-toi, soupira-t-il. S'il te plaît.

— Bon, d'accord…

Quand elle sortit enfin de son refuge, Luke lui indiqua le sofa d'un petit mouvement de tête.

Soupirant de nouveau, elle s'y installa, tout au bout. Et lorsque Luke s'assit à côté d'elle, il remarqua qu'elle serrait le bras contre son buste pour éviter de le toucher.

— Pourquoi es-tu venu ? demanda-t-elle sans le regarder. Je n'ai pas l'intention de coucher avec toi.

— Pas maintenant, peut-être, répliqua-t-il en se retenant de sourire.

Aussitôt, les joues d'Abby s'empourprèrent.

— Ni maintenant ni jamais.

Elle tourna brusquement la tête vers lui.

— Je sais ce que tu penses de moi, Luke. Tu as été parfaitement clair.

Comprenant qu'il devait s'y prendre en douceur, il tendit la main pour lui effleurer le genou, mais elle recula encore sur le sofa, au risque de perdre l'équilibre.

— Abby, commença-t-il d'un ton cajoleur, je reconnais que j'ai commis des erreurs. Beaucoup d'erreurs. Mais j'aimerais avoir une chance de les réparer.

— Comment ? demanda-t-elle, amère. Tu continues de penser que j'ai trompé Harry en t'appelant ce soir-là.

— C'était il y a cinq ans ! protesta-t-il. Presque six, même. Et je me suis peut-être précipité sur la mauvaise conclusion, mais regardons les choses en face : je ne connaissais pas Laurence…

— Non, en effet, l'interrompit-elle.

— Et s'il était effectivement le dernier des salauds, poursuivit-il, tu avais peut-être de bonnes raisons de faire ce que tu as fait.

— Peut-être ? répéta-t-elle. Oh ! Luke, si tu savais…

— Eh bien, raconte-moi.

— Pourquoi ?

— Parce que je veux savoir.

— Oui, répliqua-t-elle en se levant d'un mouvement brusque. À cause de l'enfant, n'est-ce pas ? Tu as peur que, si nous ne sommes pas en bons termes au moment de sa naissance, je cherche à me venger de la façon dont tu t'es comporté envers moi.

Luke bondit, faisant se redresser Harley, allongé à ses pieds.

— Tu dis n'importe quoi ! J'aimerais en savoir davantage sur toi, sur ce que tu as vécu, notamment avec Harry Laurence. Je me suis conduit comme un idiot, je m'en rends très bien compte. Mais ne vois-tu pas que j'ai changé ?

— Il est trop tard, Luke, répliqua Abby en secouant la tête. Je ne te crois pas. Comme de ton côté, tu ne me crois pas.

Elle se tourna vers lui et carra les épaules.

— Je crois qu'il vaut mieux que tu t'en ailles. Et dorénavant, je propose que tu envoies Felix, si tu souhaites avoir des nouvelles de ma santé.

Après un léger silence, il reprit d'une voix rauque :

— Ce n'est pas pour cela que je suis venu, Abby. Je me demandais comment tu allais, bien sûr, mais tu ne peux pas imaginer le nombre de fois où j'ai pris le téléphone pour t'appeler, avant de le reposer.

— Je ne te crois pas une seconde.

— Pour l'amour du ciel, qu'est-ce que je dois faire pour

que tu me croies ? Te supplier à genoux ? Je t'aime, bon sang et je n'avais encore jamais dit cela à aucune femme !

Ses lèvres pulpeuses s'entrouvrirent, puis elle recula vivement en écarquillant les yeux.

— Je n'en reviens pas… Tu serais vraiment prêt à faire n'importe quoi pour ton enfant…

Luke se sentit glacé.

— C'est ce que tu penses ? Dans ce cas, tu as raison. Je perds mon temps.

— Effectivement.

Mais à présent elle paraissait ébranlée, remarqua-t-il, et un peu moins sûre d'elle. À moins qu'il ne prenne ses désirs pour des réalités. Quand il s'approcha d'elle, elle s'écarta, comme si elle craignait qu'il ne la frappe.

Était-il possible que Harry l'ait brutalisée ? Soudain, Luke se rappela les bleus aperçus sur son cou, lors de cette fichue soirée.

— Abby…

— Va-t'en, murmura-t-elle en se détournant.

Incapable de résister, Luke l'enlaça et la fit tourner dans ses bras. Des larmes brillaient dans ses yeux bleus, constata-t-il aussitôt.

— Abby…, répéta-t-il en penchant la tête pour l'embrasser au coin des lèvres. Je t'aime vraiment, tu sais…

Sans lui laisser le temps de répliquer, il se dirigea vers la porte et dévala les marches avant de se raviser.

Mais il reviendrait, se promit-il en se dirigeant vers l'Aston Martin.

Tard ce soir-là, Abby entendit soudain quelqu'un frapper à la porte.

Harley se mit aussitôt à aboyer… Le cœur battant la chamade, elle lui ordonna de se calmer. C'était forcément

Luke, personne d'autre ne viendrait la voir à 23 heures passées.

Durant tout l'après-midi, elle s'était efforcée de ne plus penser à ce qu'il lui avait dit. Mais, n'ayant finalement pas pu ouvrir le café, elle avait eu du mal à s'occuper et à se concentrer sur quoi que ce soit.

Par ailleurs, elle se doutait bien qu'il reviendrait, mais pas le jour même…

Abby se mordit la lèvre. Luke pensait sans doute qu'à cette heure-là, elle se laisserait amadouer par ses déclarations d'amour…

Comme s'il l'aimait !

Harley grondait, à présent, et tournait en rond derrière la porte donnant sur l'escalier. Et si ce n'était pas Luke ? se demanda-t-elle avec appréhension. D'habitude, Harley ne se méfiait pas de lui… Mais à cette distance, le labrador ne pouvait sans doute pas reconnaître Luke à son odeur.

Pas vraiment présentable, comme tenue, songea-t-elle en baissant les yeux sur le kimono de soie qu'elle portait sur sa chemise de nuit. Mais c'était forcément Luke, se répéta-t-elle en ouvrant la porte. Après avoir allumé la lampe de l'escalier, elle descendit derrière Harley qui continuait de gronder, puis s'arrêta au bas des marches.

— Je n'ai pas l'intention de t'ouvrir, Luke, commença-t-elle en redressant le menton. Désolée que tu…

— Ce n'est pas Luke, mademoiselle Lacey, coupa une voix familière. C'est Felix, Felix Laidlaw. Je travaille pour Luke.

Il s'interrompit un instant.

— Il a eu un accident, mademoiselle Lacey. Il a été transporté à l'hôpital de Bath et vous réclame.

Un froid glacial envahit Abby tandis qu'elle retenait un cri.

— Vous voulez bien ouvrir la porte ?

Sans réfléchir, elle fit glisser le loquet de sécurité et déverrouilla la porte en tenant Harley par le collier.

Felix apparut devant elle, le visage pâle et les traits tirés.

— Il est gravement blessé, mademoiselle Lacey.

— Que s'est-il passé ? demanda-t-elle d'une voix blanche.

— Sa voiture est entrée en collision avec un véhicule agricole. Cet imbécile de conducteur est sorti de son champ et a déboulé sur la route sans faire attention ! C'est un miracle si Luke n'a pas été tué sur le coup.

Il s'interrompit un instant et se passa la main sur le front.

— Excusez-moi de vous brusquer, mais le temps presse, reprit-il. Vous voulez bien aller vous habiller et m'accompagner ?

— Mon Dieu, murmura Abby. Oui, bien sûr !

Laissant Harley se débrouiller, elle fit demi-tour et remonta précipitamment à l'appartement, le cœur battant à tout rompre.

Une fois dans sa chambre, elle ôta kimono et chemise de nuit avant de renfiler à la hâte le short et le chemisier qu'elle avait portés ce jour-là. Et quand elle regagna le salon, Harley et Felix l'y attendaient.

— J'espère que cela ne vous dérange pas que je sois monté, mademoiselle Lacey. Mais j'avais du mal à retenir le chien et j'ai eu peur qu'il ne file dans la rue, alors j'ai préféré le ramener chez vous.

— Vous avez bien fait, Felix. Merci.

Abby déglutit avant d'ajouter :

— Je suis prête.

— Vous devriez prendre un pull, dit gentiment Felix. Il fait froid, dehors.

14.

Quand il ouvrit les yeux, Luke fut aveuglé par une puissante lumière blanche et les referma aussitôt.

Son crâne vibrait et, à côté de sa tête, il entendit un son continu, semblable à celui d'un moteur électrique, ponctué par un autre, régulier. Un bruit de gouttes tombant dans du liquide.

Soulevant à demi les paupières, il se rendit compte que la lumière aveuglante tombait du plafond, juste au-dessus de sa tête. Pourquoi n'éteignait-on pas ce fichu engin ?

Était-il à l'hôpital ? Si c'était bien le cas, comment était-il arrivé là ? Il se rappelait être sorti de sa voiture, mais après, plus rien.

Seigneur, il avait la bouche si sèche ! On aurait dit que ses glandes salivaires avaient cessé de fonctionner…

Un homme se tenait à côté du lit, remarqua-t-il en se risquant à rentrouvrir les yeux. Mais vu qu'il ne portait pas de blouse blanche, il ne s'agissait pas d'un médecin.

Au prix d'un suprême effort, Luke leva les yeux vers le visage du visiteur et laissa échapper un petit soupir de soulagement.

C'était son père. Que faisait-il là ? Le pauvre, il avait l'air si épuisé et si anxieux que Luke voulut tendre la main vers lui, avant de comprendre qu'il ne pouvait pas bouger et qu'au moindre effort, une douleur atroce lui déchirait la poitrine.

— Luke, murmura son père. Mon fils…

Luke le regarda, essaya de dire « papa », mais aucun son ne franchit ses lèvres, affreusement sèches.

— Te souviens-tu de quelque chose ? demanda son père en tirant une chaise à côté du lit. Quand ils t'ont amené à l'hôpital, il y a vingt-quatre heures, tu étais conscient, mais…

Il s'interrompit, comme s'il préférait ne pas parler de ce qui s'était passé ensuite.

— Comment te sens-tu ? reprit-il doucement. Souffres-tu ? Veux-tu que je fasse quelque chose pour toi ?

Me donner à boire. Hélas, seul un son guttural sortit de sa bouche.

— Je vais chercher l'infirmière, dit aussitôt son père en se levant.

— Ab… Abby, réussit à murmurer Luke.

Son père se retourna.

— Abby ? Oh ! Tu fais allusion à la jeune femme qui était là quand je suis arrivé ?

Abby était venue ? Comment avait-elle su ? Et où était-elle, maintenant ?

Un sentiment horrible d'impuissance l'envahit. Dès qu'il essayait de réfléchir, sa tête vibrait encore plus fort.

La porte s'ouvrit soudain sur une infirmière qui s'avança vers le lit.

— Depuis combien de temps M. Morelli est-il réveillé ? demanda-t-elle à Oliver d'un ton de reproche. Vous auriez dû venir me chercher dès qu'il a eu repris connaissance.

— Cela ne fait que quelques minutes, se défendit son père. J'allais justement…

— Peu importe !

L'infirmière se pencha au-dessus de Luke, puis tourna la tête en direction d'un appareil qui émettait une sorte de tic-tac, avant de prendre des notes sur la fiche qu'elle avait prise du pied du lit.

Il avait quelque chose dans le nez, réalisa soudain Luke, et une sorte de tube fin dans la bouche.

Que lui était-il arrivé ?

Après avoir réglé ce qui devait être une perfusion, l'infirmière se pencha de nouveau au-dessus de lui.

— Comment vous sentez-vous, monsieur Morelli ? Vous souvenez-vous de ce qui s'est passé ?

Il s'efforça de bouger la langue, mais en vain.

— Vous avez soif, n'est-ce pas ?

Se tournant vers la table de nuit, elle prit la carafe posée dessus et versa un peu d'eau dans un verre. Puis elle y glissa une paille, qu'elle fit passer doucement entre les lèvres de Luke.

— Un tout petit peu, pour commencer.

Le liquide frais lui parut délicieux mais, hélas, l'infirmière écartait déjà le verre.

— Cela suffira pour l'instant, monsieur Morelli. Je vais aller chercher le Dr Marsden.

— Non…, réussit-il à murmurer.

L'infirmière hocha la tête.

— Il a demandé à être prévenu dès que vous auriez repris connaissance, dit-elle d'une voix ferme. Et ne vous inquiétez pas, monsieur Morelli : c'est lui qui s'est occupé de vous à votre arrivée à l'hôpital.

Sur ces paroles, elle disparut tandis que son père se rasseyait sur sa chaise, à côté du lit.

— Te souviens-tu de l'accident ? demanda-t-il en fronçant les sourcils d'un air inquiet.

Brusquement, Luke se trouva ramené au moment où il s'était rendu compte que l'énorme engin agricole débouchant du champ n'allait pas s'arrêter.

Le souvenir était si vivace, si violent, qu'il eut l'impression que son cerveau allait exploser, en même temps qu'une douleur insupportable se propageait sous son crâne. Son pouls lui martela les tempes, les battements de son cœur s'accélérèrent…

Lorsque Luke ferma les yeux, il crut entendre son père pousser un cri, puis sombra dans le néant.

Installée dans la salle d'attente de l'unité de soins intensifs, Abby se demanda avec anxiété si Luke avait repris connaissance.

Quand elle était arrivée, il était encore conscient et la réclamait, comme l'avait dit Felix. Dès qu'elle était entrée dans la chambre, il l'avait reconnue.

— Je t'aime, avait-il dit, d'une voix à peine audible.

— Oh ! Luke…, avait-elle murmuré, le cœur brisé de ne pouvoir rien faire pour le soulager. Moi aussi, je t'aime.

Il était resté silencieux, tandis que l'infirmière demandait à Abby de bien vouloir s'en aller. Luke ne l'avait pas entendue, avait-elle soudain compris. Il avait perdu connaissance aussitôt après lui avoir dit qu'il l'aimait.

La mort dans l'âme, elle s'était dirigée vers la salle d'attente, où se trouvait déjà Felix. Quand il l'avait aperçue, en larmes, il s'était avancé vers elle et l'avait prise dans ses bras.

— Il va s'en sortir, avait-il murmuré. C'est un dur, vous savez.

— Oh ! Felix… Je me sens tellement responsable…

— Pourquoi ?

Il la regardait d'un air si compatissant qu'elle lui avait raconté leur dispute, juste avant que Luke ne parte de chez elle. Mais sans faire allusion à sa grossesse, bien sûr.

Felix l'avait rassurée en lui expliquant qu'elle n'y était pour rien. D'après ce que l'on savait pour l'instant, Luke ne conduisait pas trop vite, comme ç'aurait pu être le cas s'il avait été dans de mauvaises dispositions d'esprit. Il se dirigeait simplement vers Bath, avec l'intention de passer chez son père avant de regagner Londres.

— Essayez de vous détendre, avait dit Felix en lui souriant. Nous allons peut-être devoir attendre longtemps.

Le père de Luke était arrivé quelques minutes plus tard, l'air si perdu que Felix était aussitôt allé lui parler.

À un moment donné, Oliver Morelli avait lancé un regard interrogateur en direction d'Abby, puis ils étaient sortis tous les deux, avant que Felix ne revienne seul.

Abby et lui étaient alors restés assis durant plusieurs heures, échangeant à peine quelques mots de temps à autre, ou un simple regard.

Le lendemain matin, un médecin était venu leur annoncer que Luke était tombé dans le coma. Avant de leur demander de ne pas s'inquiéter, expliquant qu'ils allaient tout faire pour éviter qu'il souffre. Puis il était parti, après leur avoir conseillé de rentrer chez eux, et promis de les prévenir s'il y avait du changement.

Abby aurait préféré rester sur place, de crainte que quelque chose de terrible ne se passe en son absence. Mais Felix lui avait rappelé qu'elle ne serait pas d'un grand secours si elle était trop fatiguée.

Trois jours s'étaient écoulés depuis et, même si elle s'occupait de Harley et avait fermé le café pour une durée indéterminée, expliquant aux voisins que ce n'était pas elle mais un ami proche qui était malade, elle n'avait le cœur à rien.

Elle appelait l'hôpital régulièrement, mais comme elle ne faisait pas partie de la famille, elle n'obtenait que des informations vagues. Dieu merci, Felix lui ayant donné son numéro de portable, elle avait des nouvelles plus précises grâce à lui. L'état de Luke était stationnaire, et il allait aussi bien que possible, vu son état.

Le fait qu'il soit dans le coma était certes préoccupant, lui avait-il expliqué, mais cet état végétatif permettait à son organisme de récupérer. En outre, il bénéficiait des meilleurs traitements.

Mais cela n'aidait pas Abby à mieux dormir pour autant.

Aussi était-elle revenue à l'hôpital, dans l'espoir qu'on lui permette de voir Luke. Mais jusqu'à présent on lui refusait toujours l'accès de sa chambre, poliment mais fermement.

Alors qu'elle se morfondait dans la salle d'attente, Oliver Morelli, qu'elle n'avait pas revu depuis l'arrivée de Luke à l'hôpital, apparut sur le seuil et s'immobilisa.

Puis, après l'avoir regardée quelques instants en silence, il s'avança vers elle.

— Vous êtes Abby, n'est-ce pas ? Felix ne nous a pas présentés, mais je sais que Luke vous a réclamée. Je suis Oliver Morelli, son père.

— Oui, dit-elle en se levant pour serrer la main qu'il lui tendait. L'annonce de son accident a dû vous faire un choc terrible.

— En effet, acquiesça-t-il.

À en juger par les cernes sombres soulignant ses yeux, il ne devait pas beaucoup dormir non plus.

— Avez-vous vu Luke, ce matin ? reprit-il.

— Non. À vrai dire, je ne l'ai pas revu depuis le soir où il est arrivé ici. Je ne fais pas partie de la famille, vous comprenez. Je ne suis qu'une… amie.

Il la dévisagea en fronçant les sourcils.

— Ce n'est pas vous qui tenez le café librairie de South Road, à Ashford-St-James ?

— Si…

— Oh ! Mon Dieu, soupira-t-il soudain. J'avais oublié

cette histoire de pétition… Ce n'est vraiment pas le moment d'embêter mon fils avec cela…

— Je n'ai rien à voir avec cette pétition, se défendit Abby. Et je ne suis pas ici à cause du projet de Luke.

— Tant mieux, tant mieux, dit Oliver Morelli en hochant la tête. Je préfère ça…

Une expression de tristesse envahit ses traits.

— De toute façon, je doute que Luke se souvienne de ce projet, pour l'instant. Mais excusez-moi, je dois aller voir le Dr Marsden, le médecin qui le suit — il désire me parler.

— Je peux vous accompagner ? demanda-t-elle avec espoir.

Oliver Morelli la regarda un instant en silence.

— Luke vous a de nouveau réclamée, lorsqu'il a brièvement ouvert les yeux.

À ces mots, Abby se sentit vaciller, et il ajouta en lui prenant le bras.

— Vous ne le saviez pas ? Pourtant, votre prénom est le premier — et le seul — mot qui a franchi ses lèvres. Malheureusement, Luke est retombé dans le coma aussitôt après l'avoir prononcé.

15.

La gouvernante s'arrêta à l'entrée du ravissant salon meublé et décoré avec goût, puis désigna à Abby la porte située au fond de la pièce lumineuse.

— Vous pouvez y aller, mademoiselle Lacey. Il vous attend.

La chambre jouxtant le salon était d'un style plus sobre, mais tout aussi spacieuse. Abby aperçut un jeté en lin et des rideaux assortis, d'une belle nuance de bronze, remarqua les tableaux ornant les murs tapissés de vert amande. Quant au parquet, il était recouvert presque entièrement d'un tapis persan dont les teintes vives ajoutaient une note gaie à l'ensemble.

De toute évidence, Mme Webb s'était trompée : Luke n'était pas dans sa chambre.

Au même instant, elle le vit, assis sur une banquette installée dans le coin fenêtre. Vêtu d'un pantalon ample couleur ivoire, une jambe reposant sur les coussins, pieds nus, le torse moulé dans un T-shirt noir, il lui parut plus mince qu'avant l'accident, et le visage plus allongé. Mais Luke dégageait toujours le même charisme puissant, en dépit de la cicatrice lui barrant la joue.

Sous le pantalon souple, Abby distingua le relief d'un bandage lui entourant la jambe, puis remarqua le pansement sur son avant-bras.

Oliver Morelli avait expliqué à Abby que, en outre,

il avait eu plusieurs côtes cassées et que l'une d'elles lui avait perforé le poumon. Mais il avait ajouté que, d'après le chirurgien, le rétablissement de Luke était en très bonne voie, que ce n'était maintenant plus qu'une question de temps et de patience.

— Bonjour, murmura-t-elle en posant la main sur son ventre arrondi.

À présent, même une tunique ample et fluide ne suffisait plus à dissimuler son état.

— Je suis contente de te revoir, poursuivit-elle.

— Ah…, dit-il, l'air peu convaincu. Tu me pardonneras de ne pas me lever pour t'accueillir ?

— Bien sûr. Tu… Tu dois être content d'être rentré chez toi. Comment te sens-tu ?

— À ton avis?

— Je… Tu as l'air d'aller bien. Mieux que la dernière fois que je t'ai vu, en tout cas.

— Ce n'est pas difficile ! Dis-moi, à quoi est-ce que je ressemblais, quand j'étais dans le coma ? Je ne devais pas être beau à voir…

Désarçonnée par l'amertume colorant sa voix, Abby le regarda en silence.

— Tu ne réponds pas, Abby ? Serais-tu trop polie pour me dire la vérité ?

— En fait, je n'ai pas pu te voir beaucoup, répondit-elle, sur la défensive. Mais de toute façon, je me moquais de ton aspect.

— Franchement, j'ai du mal à te croire.

— Eh bien, tu as tort.

Oliver Morelli l'avait prévenue que depuis son retour chez lui, son fils était d'humeur morose et parfois même agressive. Et que, bien qu'il doive se reposer, il passait ses matinées à travailler sur son ordinateur, ou au téléphone, à invectiver son personnel. En outre, il ne voulait voir personne, hormis lui-même et Felix. Seul son travail semblait l'intéresser.

D'après Oliver Morelli, Luke ne supportait pas d'être à moitié invalide, et il était persuadé que la cicatrice de sa joue ne s'effacerait jamais. Il ressemblait à une gargouille, avait-il dit à son père.

Ce qui était très loin de la vérité.

Abby soupira, consciente qu'il l'observait, guettant la moindre de ses réactions. Il garderait une marque sur la joue, et alors ? Elle s'en fichait complètement. À ses yeux, Luke demeurait l'homme le plus beau du monde. L'être unique et merveilleux dont elle était tombée amoureuse. De façon stupide, et irrémédiable.

Mais comment le lui faire comprendre ? L'en persuader ?

Soudain, elle regretta presque de ne pas avoir amené Harley. Sa présence l'aurait réconfortée, et Luke aurait peut-être été content de le revoir. Mais elle avait jugé plus prudent de le confier à Lori qui s'en était occupée à chaque fois qu'Abby s'était rendue à l'hôpital, durant le long coma de Luke.

Émue, elle se rappela la première fois qu'il avait ouvert les yeux et l'avait aperçue. Il avait eu l'air si heureux de la voir… Il n'avait pas pu dire grand-chose, mais son regard parlait pour lui et, ce soir-là, elle était rentrée à Ashford au volant de sa vieille camionnette en se sentant flotter sur un petit nuage.

Dont elle était redescendue brutalement le lendemain. Luke refusait de la voir, avait-elle appris en arrivant à l'hôpital. Les jours suivants aussi, si bien qu'Abby avait de nouveau dû passer par Felix pour avoir des nouvelles.

C'était par lui qu'elle avait su que Luke se remettait tout doucement, que son état s'améliorait et qu'il pourrait bientôt rentrer chez lui.

— Vous verrez, tout sera différent, quand il sera sorti de l'hôpital, avait-il dit pour la rassurer.

Mais après sa sortie, rien n'avait changé, il refusait toujours de la voir, de répondre à ses appels. Et Abby ne comprenait pas son attitude. La dernière fois qu'il était venu chez elle, il avait dit qu'il l'aimait. Qu'est-ce qui avait changé depuis ?

Ne savait-il pas que, durant son coma, elle avait passé tout son temps libre auprès de lui ? Ne se rendait-il pas compte qu'elle avait été folle d'inquiétude ?

C'est le père de Luke qui l'avait renseignée sur l'état psychique de son fils. Abby et lui étaient devenus amis, et il était venu plusieurs fois la voir au café.

D'après Oliver Morelli, Luke ne voulait voir personne qui lui rappelât le jour de son accident. En outre, il pensait que les médicaments rendaient son fils dépressif et confus. Luke se concentrait sur son travail parce que cela le rassurait, avait-il expliqué. Par conséquent, sa vie personnelle devrait attendre.

Même si elle était persuadée que Luke avait une autre raison de refuser de la voir, Abby avait dû se contenter de ces explications, en attendant de pouvoir parler directement à Luke.

Mais cela n'allait pas être facile, se dit-elle, mal à l'aise. Et puis, Luke devait la trouver changée…

— Assieds-toi, dit-il soudain en lui désignant un fauteuil, à proximité de la fenêtre.

Il tendit le bras pour saisir la béquille appuyée contre le mur et se leva, au prix d'un effort visible qui lui arracha une grimace — qu'il réprima aussitôt.

— Où vas-tu ? demanda-t-elle en le regardant s'éloigner lentement. Quelque chose ne va pas ?

— Mais non, voyons ! Tout va très bien, au contraire.

Il s'arrêta un instant avant de faire un nouveau pas.

— Je veux simplement te donner quelque chose.

— Me donner quelque chose ? répéta-t-elle d'une voix blanche.

— Pas de panique, dit-il en continuant d'avancer vers un secrétaire ancien situé tout au fond de la pièce. Comme c'est peut-être la dernière fois que nous nous voyons avant longtemps, je tiens à m'assurer que tu ne manqueras de rien.

— Pardon ? dit Abby, de plus en plus déconcertée.

— C'est peut-être la dernière fois que…

— Oui, j'ai entendu ce que tu as dit, l'interrompit-elle vivement. Mais je ne…

Elle se tut, se ressaisit, puis demanda avec calme :

— De quoi parles-tu ?

— N'est-ce pas évident ? répliqua-t-il sans se retourner. Je pense que nous ne devrions plus nous revoir.

— Pourquoi ? Ce n'est pas ce que tu disais, la dernière fois que tu es venu chez moi.

Il poursuivit sa lente progression vers le secrétaire.

— Un peu de patience, et tu comprendras.

— J'en doute, dit-elle en se levant. Tu ne devrais pas t'arrêter ? Tu es si…

— Faible ? Mal en point ? la coupa-t-il d'un ton moqueur. Oui, je comprends que tu sois choquée de me voir aussi diminué, Abby. Je ne suis plus l'homme attirant et viril que tu as connu.

— Ne sois pas ridicule ! J'allais dire que tu étais très pâle.

Elle s'interrompit un instant avant d'ajouter :

— Je ne te croyais pas aussi vaniteux, Luke.

— Je ne suis pas vaniteux, Abby, riposta-t-il d'une voix crispée. Seulement réaliste.

— Vraiment ? Alors, si je comprends bien, tu as refusé de me voir durant tout ce temps parce que tu craignais que je sois déçue ?

— Non, je n'ai jamais pensé cela.

— Pourquoi, alors ?

— Parce que ce n'est pas juste que tu t'encombres d'un compagnon diminué physiquement et aigri, répondit-il d'une voix dure. Tu as vécu une mauvaise expérience autrefois, et il est exclu que je t'en fasse vivre une deuxième.

16.

Elle s'était levée, comprit Luke. Un instant plus tôt, il avait également perçu son soupir d'impatience ; elle se demandait sans doute à quoi il faisait allusion.

Grâce aux informations rassemblées par Felix, il savait maintenant que Harry Laurence était une véritable ordure. Par conséquent, il était hors de question que lui-même impose maintenant ses propres problèmes à Abby.

— Je ne comprends pas, dit-elle tout à coup. Tu parles de Harry ?

— De qui d'autre veux-tu que je parle ?

— Mais tu ne le connais pas… Et je peux t'assurer que tu ne lui ressembles en rien !

— Tu crois ? demanda-t-il en arrivant enfin devant le secrétaire.

Il comptait en ouvrir le tiroir de sa main libre mais, muni de deux poignées, celui-ci résista. Agacé, Luke laissa échapper un juron en même temps que sa béquille tombait sur le tapis. Si Abby n'était pas accourue à son aide, il se serait effondré sur place.

Lorsque ses bras minces lui entourèrent la taille, il sentit le léger renflement de son ventre contre ses reins.

Le désir de se retourner entre les bras d'Abby et de la serrer contre lui était presque irrépressible, mais il devait désormais renoncer à elle. Et à leur enfant.

— Tu aurais dû me demander de venir chercher ce que

tu veux me donner, murmura-t-elle. Au lieu de prendre le risque de tomber.

— J'ai mal évalué la manipulation, c'est tout, répliqua-t-il sans pouvoir dissimuler son amertume. Et ce n'est pas la première fois que cela m'arrive, crois-moi.

— Et si tu t'asseyais, pendant que j'ouvre ce tiroir ?

Il se permit de rester appuyé contre elle durant quelques instants, s'émerveillant de sa chaleur et de son délicieux parfum de femme. Mais le désir prenait déjà possession de lui, or il ne pouvait plus s'autoriser ce genre de folie.

De son côté, Abby ne semblait pas pressée non plus de s'écarter de lui et, si ses mains descendaient un peu plus bas, elle se rendrait compte qu'il n'était pas aussi indifférent à sa proximité qu'il le prétendait.

— Tu veux bien qu'on parle tranquillement de tout cela ? chuchota-t-elle. Tu ne t'imagines quand même pas que je vais te laisser tomber au prétexte que tu ne te vois plus comme un irrésistible séducteur ?

— Je n'ai jamais été un irrésistible séducteur, protesta-t-il d'une voix rauque. Mais je ne serai jamais un fardeau pour toi, Abby. Maintenant que je sais ce que tu as souffert avec Laurence, je pense que tu mérites de vivre sereinement, et en sécurité.

Elle garda le front appuyé contre son dos quelques instants, puis s'écarta pour se pencher vers la béquille, qu'elle ramassa avant de la lui glisser dans la main. Ensuite, s'étant assurée qu'il tenait bien sur ses jambes, elle s'avança d'un pas et se tourna vers lui.

— Comment l'as-tu appris ? demanda-t-elle avec calme

— Harry est en prison. Tu étais au courant ?

— En prison ? répéta-t-elle, ahurie. Non, je n'en savais rien…

Après un léger silence, elle reprit en fronçant les sourcils.

— Mais comment l'as-tu… Ah… Tu as fait enquêter

sur lui, c'est cela ? Comme tu ne me croyais pas, tu as voulu vérifier de ton côté.

— Non, tu te trompes, Abby. Enfin, en partie. Avant l'accident, avant de me rendre compte que je…

Luke se retint de justesse de dire « que je t'aimais ».

— Avant l'accident, reprit-il, j'ai demandé à Felix de se renseigner sur Laurence. Je ne pouvais pas prévoir que j'allais avoir un accident qui m'empêcherait de t'en parler.

— C'est bizarre, Felix ne m'a rien dit, répliqua-t-elle, l'air méfiant.

— Il ne t'aurait rien dit sans ma permission, évidemment. Et il savait que tu penserais que j'avais fait enquêter sur toi.

— C'est le cas, non ?

— Pas de la façon que tu crois, Abby. Et si tu veux tout savoir, je soupçonnais déjà que je m'étais trompé au sujet de Laurence. Quand j'ai appris la vérité, j'ai eu envie de le tuer.

— Mais à ce moment-là, tu as justement découvert qu'il était en prison…

— Quand Felix est venu me l'annoncer, l'interrompit-il d'un ton las, je me morfondais à l'hôpital, avec le moral à zéro. Il avait cru bien faire, se disant que le fait d'apprendre que ton ex-mari avait été arrêté me redonnerait des forces.

— Pourquoi aurait-il pensé une chose pareille ? demanda-t-elle en plissant le front.

— Ne sois pas naïve, Abby, soupira Luke. Felix n'est pas idiot. Il savait — il sait — ce que je ressens pour toi.

Après un léger silence, elle répliqua :

— Je ne comprends toujours pas comment il a découvert ce qui était arrivé à Harry.

Luke vacilla légèrement, mais réussit à rester debout.

— Il connaît un type qui travaille dans les milieux boursiers et, quand il a mentionné le nom de Laurence, le type en question a aussitôt dit qu'il avait été reconnu coupable de violences sur sa femme.

— Sur sa femme ? Mais je n'ai…

— Non, tu n'as jamais porté plainte, je sais, la coupa-t-il avec amertume. Je ne comprends pas pourquoi, d'ailleurs.

Après un léger silence, il ajouta :

— Apparemment, il s'est remarié il y a deux ans.

— Et quand comptais-tu me le dire ?

— Je ne sais pas, reconnut-il. Mais les circonstances ont tout changé.

Renonçant à ouvrir le tiroir pour l'instant, Luke fit demi-tour et se dirigea vers lit qui se trouvait à proximité.

— Excuse-moi, dit-il en s'asseyant. Tu vas devoir patienter encore une minute. Mes jambes ne sont pas aussi solides que je le croyais.

Aussitôt, l'expression d'Abby se radoucit, et elle vint s'asseoir à côté de lui.

— C'est moi qui devrais m'excuser.

Après une légère hésitation, elle lui posa doucement la main sur le dos.

— J'aurais dû me rendre compte que tu avais besoin de temps, poursuivit-elle. Si tu veux, nous pouvons reprendre cette conversation lorsque tu…

— Non !

Il devait en finir maintenant, avant de céder au désir qui le consumait. D'être avec elle. De lui parler, de…

Seigneur, la main qui lui massait délicatement le dos faisait naître des sensations délicieuses en lui. Une merveilleuse chaleur se répandait dans son corps, rendue plus précieuse encore par le fait que c'était sans doute la dernière fois qu'ils partageaient une telle intimité.

Luke se força à se rappeler pourquoi il l'avait fait venir. Il devait lui faire part de ce qu'il avait décidé, pendant qu'il en avait encore la volonté.

— Abby…

Sa main fine glissa sur son dos, atteignit l'épaule, lui effleura la nuque. Les tourments exquis qu'elle lui infligeait étaient à peine supportables. Le souffle court, il contempla le beau visage ovale d'Abby, l'adorable roseur colorant ses joues, la bouche dont le souvenir le hantait nuit et jour…

— Je ne pourrai jamais te faire de mal, Abby.

Ce n'était pas du tout ce qu'il comptait lui dire, bon sang !

— Tu dois me croire, insista-t-il néanmoins.

— Je te crois, murmura-t-elle en lui caressant la mâchoire. Mais toi, tu n'as pas eu confiance en moi.

Luke tourna à regret le visage pour échapper à la caresse de ses doigts.

— Je t'aurais dit la vérité concernant Harry. Mais ce qui me tracassait, c'était le fait que tu sois restée avec un salaud pareil. Pourquoi ne l'as-tu pas quitté plus tôt ?

— J'avais mes raisons, soupira-t-elle.

— Tu l'aimais ?

— Je ne l'ai jamais vraiment aimé. Mais ma mère lui voyait toutes sortes de qualités, et je me suis sans doute laissée influencer par son jugement.

— Et plus tard ?

— Ma mère ignorait qu'il me… maltraitait, répondit-elle après avoir dégluti. Harry veillait à ne pas éveiller ses soupçons, évidemment.

— Quand a-t-il commencé à se montrer violent ?

— Oh…, murmura Abby. Tu me crois, maintenant ?

— Je m'en doutais depuis un certain temps, dit-il en lui prenant la main malgré lui. Notamment à cause des bleus que j'avais aperçus sur ton cou ce soir-là, au Parker. Ce que je ne comprends toujours pas, c'est que tu sois restée avec lui.

— Mais tu ne me posais pas la question…

— Peut-être parce que je ne voulais pas entendre la

réponse, admit Luke. Seigneur, chaque fois que je pense à vous deux ensemble, je…

— Ma mère était malade et elle est entrée en phase terminale environ deux ans après mon mariage, l'interrompit-elle à la hâte. Son état nécessitait des soins constants que je ne pouvais pas assumer avec mon modeste salaire. Alors Harry lui a dit de ne pas s'inquiéter. Qu'il prenait tout en charge.

— Et il a tenu parole ?

Abby hocha la tête en silence.

— Pourquoi ne m'as-tu rien dit ?

— Quand aurais-je pu le faire ? répliqua-t-elle en dégageant sa main. La première fois que tu es venu au café, et que tu m'as accusée d'avoir trompé mon mari ? Ou plus tard, au moment où, après m'avoir fait l'amour, tu m'as jeté à la figure que tu n'aurais jamais confiance en une femme comme moi ?

— Et le soir où tu m'as appelé et que nous nous sommes retrouvés au Parker, riposta-t-il. Tu n'aurais pas pu m'en parler ?

— Oh si, bien sûr, commença-t-elle en se levant. Voyons, comment aurais-je pu présenter la chose… « Au fait, Luke, j'aurais dû te dire que je suis mariée. Mon mari me maltraite, mais comme, grâce à sa générosité, ma mère bénéficie des meilleurs soins palliatifs dans un établissement réputé, je n'en parle à personne ! »

Elle lui adressa un sourire désabusé.

— Tu m'aurais crue, n'est-ce pas ?

Incapable d'en entendre davantage, Luke lui saisit le poignet pour la forcer à se rasseoir. Puis lui referma la main sur la nuque et rapprocha son visage du sien.

— Je suis désolé, murmura-t-il contre ses lèvres. Tellement désolé. J'ai été si stupide… Me pardonneras-tu un jour ?

Un petit soupir échappa à Abby, mais elle ne le repoussa

pas. C'était si bon de la tenir ainsi dans ses bras… Cela faisait si longtemps qu'il ne l'avait pas serrée contre lui. Ignorant la douleur qui irradiait dans son bras, Luke la poussa doucement en arrière et s'allongea sur elle.

Et lorsqu'elle glissa la main sous la ceinture de son pantalon et referma les doigts autour de son érection, il retint un gémissement.

Avait-il le droit de s'abandonner ainsi ? Alors qu'il ne pourrait peut-être plus jamais marcher normalement ?

Luke se redressa, conscient que s'il ne se ressaisissait pas maintenant, il perdrait le peu d'estime de soi qu'il lui restait encore.

Saisissant sa béquille, il se leva et retourna lentement vers le secrétaire.

Cette fois, il réussit à ouvrir le fichu tiroir, dont il sortit la chemise verte contenant les documents destinés à Abby.

Ensuite, il repartit en sens inverse et alla se rasseoir sur la banquette.

17.

— Luke ? Que se passe-t-il ?

— Je meurs d'envie d'être avec toi, répondit-il d'une voix sourde. Mais c'est impossible.

Abby se redressa sur son séant sur le lit et le regarda.

— Qu'est-ce qui est impossible ?

— Toi, moi… Nous, dit-il en baissant les yeux sur le dossier qu'il avait sorti du tiroir. Tu dois te demander pourquoi je t'ai priée de venir aujourd'hui.

— Je pensais que tu voulais me voir parce que tu revenais à la raison.

— Oui, on peut dire cela, répliqua-t-il avec un sourire désabusé. Mais pas de la façon que tu imagines.

— Continue, dit Abby, crispée et pressentant à moitié ce qui allait suivre.

Après avoir extrait des documents de la chemise verte qu'il posa à côté de lui, il redressa la tête et la regarda enfin.

— J'aurais sans doute dû laisser mon avocat s'en charger, mais je n'ai pas pu résister au désir de te revoir, alors j'ai décidé de t'en parler directement.

— Me parler de quoi ? Si c'est en rapport avec l'accident…

— En effet, l'interrompit-il. En plus des marques extérieures, il y a d'autres problèmes. On m'a prévenu que je ne retrouverais peut-être jamais l'usage complet de mes jambes.

— Et alors ? Tu sais que je serai là pour toi, quoi qu'il arrive.

— Non, répliqua Luke d'un ton tranchant. Tu crois vraiment que je désire que tu passes le restant de ta vie avec un infirme ? Je vais peut-être finir mes jours en fauteuil roulant, Abby. Et je ne veux pas que tu vives cela.

— Et as-tu pensé à ce que je veux, moi ?

— Abby, je sais que tu as de bonnes intentions, mais nous ne pouvons pas prendre la situation à la légère. Je pourrais avoir une rechute… Et rester paralysé, par exemple, ou pire encore…

— Si cela arrivait, nous ferions face, soupira Abby. Ne sois pas aussi pessimiste, Luke ! Personne ne sait ce que nous réserve l'avenir, de toute façon.

— Ton attitude est très courageuse, mais tu manques de réalisme.

L'espace d'un instant, il baissa les yeux sur le ventre d'Abby et pinça les lèvres.

— Tu auras déjà suffisamment de nouvelles responsabilités à assumer, je ne ferais que t'encombrer.

— Tu ne crois pas que pour l'enfant — notre enfant —, le plus important sera qu'il connaisse son père ? riposta-t-elle farouchement. Il ou elle aura besoin de toi, Luke. J'ai besoin de toi et je t'aime — cela ne te suffit pas ?

Il pencha de nouveau la tête vers les documents.

— J'ai pris des dispositions vous concernant, toi et l'enfant, dont je vais te parler dans un instant, mais auparavant…

— Luke…

— Auparavant, je voulais t'informer que le projet d'Ashford suivra son cours comme prévu, mais que j'y ai fait apporter quelques modifications par rapport au projet initial, et que celles-ci devraient te satisfaire.

— Luke, tu ne devrais pas te préoccuper de ce genre de choses maintenant.

— Il y aura bien un supermarché, poursuivit-il avec obstination, mais j'ai décidé de conserver les anciens commerces qui deviendront ainsi le point de départ de la galerie marchande…

Après s'être interrompu un bref instant, il reprit :

— Naturellement, toi et tes voisins aurez la possibilité de rester, et je suis certain que ce nouvel agencement ne pourra que profiter à vos différentes activités.

Il étala un plan sur la banquette, à côté de lui.

— Voici une copie du plan que j'ai soumis à la municipalité, et, bien sûr, vous en recevrez chacun un exemplaire avant que toute décision définitive ne soit prise.

— Luke, ce n'était vraiment pas la peine de…

— Au contraire, c'était essentiel, la coupa-t-il d'une voix ferme. De toute façon, j'avais décidé d'effectuer ces modifications avant… Avant l'accident. Je me suis par ailleurs arrangé pour que vos loyers soient bloqués — ce qui devrait ravir ton ami Hughes.

— Il n'est pas mon ami, répliqua Abby, mais tu as raison, il sera ravi. Il aura l'impression d'avoir gagné.

Luke la regarda.

— Tu crois que je me soucie de son opinion ? Je ne fais pas cela pour lui, Abby, mais pour toi. Je ne veux pas te priver de ton gagne-pain, surtout si tu refuses mon aide.

— Ton aide ?

— J'y arrive…

Quand elle le vit fermer les yeux et prendre une inspiration profonde, Abby se leva et se précipita vers lui. Après avoir soulevé le plan, elle le replia avec soin sans même y jeter un coup d'œil.

— Merci, dit-elle doucement. Je connais des gens qui vont être soulagés.

— Tant mieux.

— Bon, si on parlait de nous, maintenant, répliqua-t-elle. Parce qu'il y a bien un nous, quoi que tu dises.

— J'allais y venir.

— J'espère que tu ne comptes pas m'acheter ?

Luke retint un instant son souffle.

— Je ne le formulerais pas ainsi. Mais je veux faire au mieux pour toi et le bébé…

— Moi aussi.

— Et en vous assurant la sécurité financière, je me sentirai moins coupable de vous laisser vous débrouiller sans moi.

— Qu'entends-tu par nous débrouiller sans toi, au juste ? demanda Abby en fronçant les sourcils.

— J'envisage d'aller vivre quelque temps à l'étranger, répondit-il après un léger silence.

— À l'étranger ? répéta-t-elle d'une voix blanche.

— Oui, je n'ai pas encore décidé de l'endroit. Comme tu peux le constater, je ne suis pas en état de voyager, pour l'instant.

— Et tu envisages de partir seul ?

— Oui, répondit-il en se passant nerveusement la main dans les cheveux. Enfin, avec Felix, bien sûr. Je ne pense pas qu'il me laisserait partir sans lui…

— Mais moi je n'ai pas droit à ce privilège, c'est cela ? demanda Abby en retenant ses larmes. Pour l'amour du ciel, Luke, tu avais dit que tu m'aimais, je porte ton enfant… Cela ne représente donc rien pour toi ?

— Au contraire. Tu crois que j'ai envie de partir,

d'aller m'enterrer je ne sais où, dans un trou paumé où je ne connais personne ?

Au prix d'un effort sans doute immense, il réussit à se lever et reprit sa béquille.

— Je ne peux pas rester près de toi. C'est trop tentant, et trop douloureux, Abby. J'avais prévu de te proposer de m'épouser, mais à présent, ce serait de la folie pure.

— Alors, permets-toi un peu de folie ! s'exclama Abby en se levant à son tour. Permets-nous d'être heureux !

Elle s'avança d'un pas pour lui bloquer le chemin.

— Tous les trois, ajouta-t-elle d'une voix rauque.

Prenant la main libre de Luke, elle la posa sur son ventre.

— J'ai besoin de toi. Nous avons tous les deux besoin de toi. Peux-tu nier que tu as besoin de nous aussi ?

Il la regarda dans les yeux, l'air torturé.

— Tu connais la réponse aussi bien que moi.

— Alors, pourquoi hésiter ? s'écria-t-elle en le prenant dans ses bras. Ne vois-tu pas qu'ensemble nous ferons face à tous les problèmes qui pourraient se présenter ? Du moment que nous nous aimons, rien ne pourra nous séparer, Luke.

— Mais tu ne mérites pas de vivre ainsi !

— Toi, tu ne le mérites pas, reprit-elle avec force.

— Après l'existence que tu as menée avec Laurence, je ne serai pas un fardeau pour toi.

— Tu ne pourras jamais être un fardeau pour moi, chuchota-t-elle en l'embrassant au coin des lèvres. Je veux vivre avec toi, tout partager avec toi. Et je me fiche de t'épouser ou pas — ce qui m'importe, c'est d'être avec toi.

— Je devrais…

— Tu devrais me faire l'amour, le coupa Abby en

se pressant contre lui. Ensuite, tu me diras que nous n'avons pas d'avenir ensemble.

Luke ouvrit les yeux et sentit une cuisse nue et chaude blottie contre la sienne. Et quand il tourna la tête, il vit la femme de sa vie battre paresseusement des paupières.

Il contempla ses cheveux soyeux répandus sur l'oreiller, savoura la sensation de ses seins moelleux appuyés sur son bras indemne… Abby… Elle était si belle, si sexy…

Quand elle lui sourit soudain d'un air heureux, il ne put s'empêcher de murmurer :

— Seigneur, je t'aime tant… Comment vais-je pouvoir te laisser partir ?

À cet instant, quelqu'un frappa à la porte.

— Tu n'auras pas ce problème, répliqua-t-elle. Mais je ferais mieux d'aller ouvrir, sinon on va croire que je t'ai enlevé…

Elle ramassa sa tunique et l'enfila à la hâte.

— Ce doit être Mme Webb : elle avait dit qu'elle nous apporterait du thé.

— Du thé ! s'exclama Luke en faisant la grimace. J'ai besoin de quelque chose de plus fort, si je veux te demander en mariage…

La main posée sur la poignée de la porte, Abby se retourna vivement.

— Tu ne peux pas dire une chose pareille et t'attendre à ce que je ne réagisse pas, chuchota-t-elle en le regardant, les yeux brillants.

— Eh bien ? Que comptes-tu faire ?

Des coups discrets étant de nouveau frappés à la porte, elle hésita, puis revint précipitamment vers le lit.

— Tu exagères, Luke !

— Dois-je prendre cela comme une réponse à ma proposition ?

Se glissant sous le drap, elle se serra contre lui, prit son visage entre ses mains et l'embrassa avec passion.

— Non, murmura-elle quelques instants plus tard contre ses lèvres. Ma réponse, c'est oui. Oui et mille fois oui, mon amour…

Épilogue

La nuit commençait à tomber lorsque Luke franchit les grilles de la propriété qu'ils avaient achetée presque un an plus tôt.

Quand la maison apparut au bout de l'allée, avec ses murs couverts de glycine, Abby savoura encore une fois son bonheur. C'était si bon de pouvoir venir se réfugier là, loin de l'agitation urbaine.

Au départ, Luke ayant parlé d'acheter un petit cottage à proximité de Bath, où vivait toujours son père, elle avait imaginé un cottage des Costwolds, avec toit de chaume et murs de pierre. Alors qu'en fait il s'agissait d'un véritable petit manoir, avec six chambres et salles de bains privées, sur lequel veillait une gouvernante à domicile, Mme Bainbridge. Quant à son mari, il s'occupait de l'entretien de la propriété, le couple vivant dans un ravissant pavillon situé non loin de la maison principale.

Cependant, tous deux respectaient leur intimité et Mme Bainbridge laissait sans problème Abby gérer la cuisine.

Luke s'arrêta dans l'allée de graviers tandis qu'elle se retournait vers l'arrière du véhicule, où Matthew Oliver — leur fils de dix-huit mois — dormait dans son siège auto, à côté de Harley, solidement attaché sur son propre siège.

Après être resté éveillé durant presque tout le trajet, gazouillant comme d'habitude à sa façon, Matthew avait fini par s'endormir. Au grand soulagement de Harley, songea Abby. Matthew pouvait en effet se montrer fort bruyant, par moments !

— Tu crois que Harley va nous laisser sortir les bagages sans vouloir se joindre à nous ? demanda Luke, pince-sans-rire.

— Oh ! Comme Mme Bainbridge lui a préparé quelque chose de bon pour son dîner, je suis sûre qu'il va nous laisser tranquilles…

Luke se pencha vers elle et l'embrassa tendrement.

— Moi aussi, j'espère avoir quelque chose de bon pour mon dîner, murmura-t-il en lui caressant les lèvres du bout de la langue. Ou même avant…

Le cœur d'Abby se mit à battre la chamade. Rien n'avait changé. Après quasiment deux ans de mariage, elle fondait toujours au moindre baiser, à la moindre caresse de Luke.

— Si ton fils est calme après avoir pris son bain, je pourrai peut-être faire quelque chose pour toi, répondit-elle d'un ton taquin. Mais je ne peux rien te promettre…

— Vous êtes une tentatrice née, madame Morelli, dit-il d'une voix rauque avant de s'écarter et d'ouvrir sa portière. Ah, voici Mme Bainbridge, toujours fidèle au poste.

La gouvernante, une femme charmante âgée d'une soixante d'année, venait d'apparaître sur le seuil et s'avançait vers eux en souriant. Elle semblait toujours ravie de les voir, et Matthew les avait conquis d'emblée tous les deux, elle et son mari.

— Avez-vous fait bon voyage ? s'enquit-elle en se dirigeant vers le coffre.

— Oui, merci, répondit Abby en ouvrant la porte arrière pour libérer Harley. Tout a bien été, côté circulation. Enfin, une fois que nous nous sommes éloignés de Londres…

Dès qu'elle eut détaché son harnais, le labrador bondit hors du véhicule et se précipita en jappant gaiement vers

M. Bainbridge qui taillait les haies de buis entourant la pelouse.

— Doucement, Harley ! lui cria Abby.

Elle échangea un sourire chaleureux avec le mari de la gouvernante.

— Bonjour, monsieur Bainbridge. Comment allez-vous ? Toujours en train de travailler, à ce que je vois…

— On s'occupe, madame Morelli, on s'occupe ! répondit-il en se penchant pour caresser les oreilles de Harley.

— Il vient de venir prendre une tasse de thé accompagnée d'un scone à peine sorti du four, intervint sa femme en riant. Ne vous inquiétez pas pour lui, madame Morelli, il n'est pas à plaindre, croyez-moi ! Surtout maintenant que vous avez engagé Sam pour l'aider.

De son côté, après avoir fait quelques étirements pour se détendre le dos et les épaules, Luke se redressa d'un air soulagé. Deux ans s'étaient écoulés depuis l'accident, mais il souffrait parfois d'une légère raideur dans la cuisse droite, surtout quand il était resté longtemps dans la même position.

Hormis cela, il n'avait gardé aucune séquelle, et il était plus heureux qu'il ne l'avait jamais été de toute sa vie, répétait-il souvent à Abby. Oliver Morelli, qui adorait sa bru, considérait quant à lui que son fils s'en était sorti grâce à elle.

Et quand la petite famille séjournait au cottage, comme continuait de dire Luke, son père venait fréquemment les voir.

— On annonce du beau temps pour ce week-end, dit Mme Bainbridge en revenant prendre un autre sac de voyage dans le coffre. Je dis toujours à Joe que vous devriez vous installer ici définitivement, madame Morelli. Maintenant que votre mari travaille beaucoup en ligne, il n'a plus besoin d'aller au bureau.

Abby retint un sourire. Luke n'allait pas au bureau tous les jours, même quand ils se trouvaient à Londres. Depuis leur mariage, il déléguait une partie de son travail aux vice-présidents de Morelli Corporation, de façon à passer plus de temps avec sa femme et son fils. Et l'entreprise fonctionnait très bien ainsi.

Ces deux années avaient passé comme un rêve, songea-t-elle en le regardant bavarder avec M. Bainbridge. Elle repensa à leur merveilleuse lune de miel, un mois après la naissance de Matthew.

Après avoir insisté pour qu'ils s'en aillent tous les deux, Oliver Morelli avait embauché sans leur dire une nounou pour s'occuper du bébé. Elle et Matthew s'étaient installés chez lui durant leur absence, puis la nounou était restée au service de la petite famille.

Ces trois semaines à Hawaï avaient été paradisiaques. Ils avaient dormi, fait l'amour, nagé, fait l'amour, mangé, fait l'amour… Et Luke avait pu se reposer totalement, loin de toute activité professionnelle et de tout souci.

Mais, au retour, ç'avait été si bon de retrouver le petit Matthew, et son grand-père, bien sûr. Ainsi que le fidèle Felix. Et Harley…

Revenant au présent, Abby pénétra dans leur « petit » cottage et monta à l'étage où se trouvait la chambre qu'elle partageait avec Luke, ravie de retrouver ces lieux qu'elle aimait tant.

Dès que celui-ci avait pu se passer de béquille, ils avaient fait les salles des ventes et les antiquaires des environs, y dénichant toutes sortes de meubles et d'accessoires qui leur plaisaient.

Quant au projet d'Ashford, il s'était développé comme prévu, et le site serait bientôt terminé. De son côté, Abby avait eu la chance de trouver quelqu'un de confiance pour s'occuper du café : la sœur de Lori…

Et finalement, même Greg Hughes avait reconnu que Luke était un type bien !

Elle se tourna vers l'homme merveilleux qui s'avançait dans la chambre, leur fils dans les bras. Bien réveillé, Matthew causait gaiement à son père, et même si elle et Luke ne comprenaient en moyenne qu'un mot sur deux, le petit garçon apprenait à obtenir ce qu'il désirait.

— Je vais prendre une douche, dit Luke en déposant son fils sur le tapis.

Aussitôt, Matthew trottina sur ses petites jambes en direction d'Abby.

— Tu viens me rejoindre ?

— Ton fils doit d'abord prendre son bain et dîner.

— Mme Bainbridge pourrait s'en charger, non ?

Se rapprochant d'Abby, il pencha la tête pour l'embrasser dans le cou.

— Tu sais bien qu'elle ne demande qu'à s'occuper de Matthew…

— Je vais réfléchir à la question, répliqua-t-elle d'un ton faussement sérieux. Va prendre ta douche, en attendant.

Lorsque Abby ouvrit la porte de la salle de bains, l'eau coulait dans la douche. Mme Bainbridge avait bien sûr accepté avec joie de donner son bain à Matthew et de le faire dîner, si bien qu'Abby avait rapidement regagné leur chambre et s'était déshabillée à la hâte, ne gardant que ses sous-vêtements.

Elle s'apprêtait à dégrafer son soutien-gorge lorsque Luke dit d'une voix rauque :

— Viens, je t'attendais…

— Je finis de me déshabiller…

— Laisse-moi faire, l'interrompit-il en tendant la main vers elle avant de l'attirer sous la douche.

Lui appuyant le dos contre son torse, il défit l'agrafe placée entre ses seins. Le soutien-gorge glissa bientôt au sol tandis que Luke promenait les mains sur le buste d'Abby, son ventre, puis effleurait lascivement sa culotte de dentelle.

— Hum… Tu es prête à m'accueillir, murmura-t-il en la caressant entre les cuisses. Tu es toute mouillée…

— Je crois que c'est plutôt la douche…

Il passa un doigt sous la dentelle.

— L'eau ne peut pas aller jusque-là, dit-il d'une voix rauque en glissant deux doigts en elle. Tu es brûlante…

Sans plus attendre, il débarrassa Abby de sa culotte avant de la faire pivoter vers lui. Lui aussi était très excité, remarqua-t-elle en baissant les yeux sur sa puissante érection.

Elle laissa glisser ses mains sur son ventre, de plus en plus bas…

— Abby ! protesta-t-il d'une voix rauque. Aie pitié de moi, bon sang !

Puis il la souleva dans ses bras et la pénétra tandis qu'elle enroulait les jambes autour de ses hanches. Il l'emplissait totalement, et son ensorcelant va-et-vient lui arracha bientôt des cris de volupté.

Quand elle se laissa emporter par la jouissance, Luke la suivit en exhalant une longue plainte. Mais il n'en avait pas terminé avec elle… Après l'avoir laissée glisser contre lui, il prit du gel douche et lui caressa les seins, les fesses, jusqu'à ce qu'elle gémisse de nouveau et le supplie de la prendre.

Alors, il la souleva de nouveau dans ses bras et l'emporta dans la chambre. Pour lui faire de nouveau l'amour avec autant de fougue et de passion que s'ils s'étaient rencontrés la veille.

Longtemps après, alors qu'Abby somnolait, le corps envahi d'une fatigue délicieuse, Luke lui murmura à l'oreille :

— Je t'aime, madame Morelli. Et je veux que tu saches que mon amour pour toi grandit chaque jour.

Elle lui passa les bras autour du cou.

— Moi aussi je t'aime, monsieur Morelli, susurra-t-elle en le regardant dans les yeux. Je crois même que je t'ai aimé dès le premier soir, au Parker.

— Je vais te dire un secret : moi aussi je suis tombé amoureux de toi à ce moment-là. Dès le premier instant.

Il poussa un soupir tremblant.

— Dire que je t'avais proposé de devenir ma maîtresse... Quel imbécile ! Tu étais destinée à être ma femme, dès le début.

Retrouvez prochainement,
dans votre collection

AZUR

Le cheikh aux deux secrets, de Marcella Bell - N°4565

Que dire à un prince qui vous demande en mariage dès la première rencontre ? Rita a beau être une talentueuse ingénieure, elle n'en a aucune idée. Pourtant, parce qu'il s'agira, entre Jahangir et elle, d'une union de convenance lui garantissant une fabuleuse opportunité professionnelle, elle accepte de le suivre dans son royaume du désert. Et bientôt, dans ce cadre enchanteur, elle découvre entre les bras de Jag la passion – et ses conséquences…

Un bébé royal, de Jadesola James - N°4566

Kemi est une princesse, la fille gâtée de l'Oba de Gbale. Mais cette vie privilégiée a un coût : celui de sa liberté… Alors qu'elle échappe un soir à la vigilance de ses gardes du corps, elle rencontre un homme envoûtant. D'un seul regard, Luke Ibru la séduit. Un baiser brûlant, et il la conduit à partager avec lui une nuit de passion. Une nuit qui se solde par une conséquence royale : bientôt, Kemi se découvre enceinte de son mystérieux amant…

L'enfant d'un ténébreux milliardaire, de Heidi Rice - N°4567

Jack Wolfe incarne tout ce que Katherine déteste : arrogant et impitoyable, le ténébreux milliardaire n'hésite pas à user de son pouvoir. Hélas, bouleversée par les émotions et le désir qu'il fait naître en elle, Katherine succombe à cet homme au lieu de le fuir. Pire encore, sitôt qu'elle révèle à Jack qu'un enfant naîtra bientôt de leur nuit passionnée, celui-ci lui propose un mariage de convenance…

Le retour de Valentin Silvera, de Jackie Ashenden - N°4568

Voilà quinze ans que tout le monde me croit mort. Si j'ai disparu pour échapper à la tyrannie familiale, je suis prêt aujourd'hui à revendiquer mon nom, Valentin Silvera, et l'héritage qui m'est dû. Parmi ce qui m'a été arraché, mon bien le plus précieux n'est autre que la délicate Olivia Wintergreen, mon amour de jeunesse et l'actuelle fiancée de mon détestable frère jumeau. Or j'en fais le serment : cette femme que je n'ai jamais oubliée sera bientôt mon épouse…

La comtesse de Venise, de Kate Hardy - N°4569

Bien qu'elle soit une comtesse vénitienne, Serafina Ardizzone est ruinée. Comment dès lors empêcher le *palazzo* dont elle est l'héritière de tomber en ruine ? Résolue à sauver ce joyau familial, elle demande au célèbre architecte Gianni Leto de le restaurer. Pour le convaincre de prendre en main ce projet d'envergure, elle n'hésite pas à l'inviter à passer chez elle une semaine. Sept jours et sept nuits inoubliables en Italie…

Le prince de la Saint-Valentin, de Cara Colter - N°4570

Erin n'a qu'une envie : se réfugier seule au *Snow Daze*, le chalet montagnard où elle a vécu tant de moments heureux. Là, elle l'espère, elle pourra se remettre de l'abandon de son fiancé. Mais une tempête de neige fait rage dehors, et la voilà contrainte d'offrir l'hospitalité à un skieur imprudent. Un homme d'une beauté renversante avec lequel elle passe la nuit… Quelle n'est pas sa stupeur de découvrir le lendemain que son amant, Valentino de Oscaro, est un prince !

La belle et le millionnaire, de Rachael Stewart - N°4571

Tandis qu'elle débarque sur la plus belle des îles grecques, Catherine retient son souffle. La crique nichée au pied d'une falaise blanche tranche avec le bleu de la mer… et c'est là, dans ce cadre enchanteur, qu'elle va passer un mois ! Quel meilleur endroit pour oublier la pression qu'elle subit à Hollywood ? Seule ombre au tableau : le propriétaire des lieux, Alaric de Vere, loin d'être impressionné par ses allures de star, la considère plutôt comme une intruse…

Libre d'aimer, de Pippa Roscoe - N°4572

SÉRIE : *LE ROYAUME DE SVARDIA* - 2/3

La princesse Marit a toujours été la rebelle de la famille, et elle apprend avec désespoir qu'elle doit maintenant jouer un rôle de premier plan au palais de Svardia. Dans une ultime révolte, elle s'enfuit à Paris. Hélas, Lykos Livas, envoyé par le roi lui-même, l'y retrouve sans tarder ! Avant de la ramener dans le droit chemin, cet homme mystérieux accepte toutefois de l'escorter pendant quelques jours pour une escapade en Europe. Une folle parenthèse où se mêleront bientôt liberté et passion…

Le baiser d'un play-boy,
de Carol Marinelli - N°4573

SÉRIE : *LES BEAUTÉS DE SICILE* - 2/2

En raison de son douloureux passé d'orpheline, Béatrice a érigé une muraille autour de son cœur. Pas question pour elle de souffrir à nouveau : sa vie est désormais centrée sur son travail de conseillère spéciale de Son Altesse Royale Julius de Bellanisia. Une tâche loin d'être facile ! Chargée de redorer l'image du prince avant que celui-ci devienne roi, la voilà contrainte de côtoyer ce play-boy invétéré jour et nuit, tout en résistant au charme qu'il exerce sur elle…

L'honneur d'un Australien, de Kelly Hunter - N°4574

Sept ans plus tôt, Judah Blake s'est accusé d'un crime qu'il n'avait pas commis pour innocenter la douce Bridie. Aujourd'hui qu'il est de retour chez lui, dans l'Outback australien, il est bien décidé à retrouver sa vie – ou ce qu'il en reste. Peu importe qu'il ait été pendant un temps considéré comme un paria, ses milliards ont suffi à redorer son image. Et c'est fort de cette aura de puissance qu'il compte revendiquer ce qui lui revient de droit : ses terres, dont il a été injustement spolié par la femme qui a ruiné sa vie…

L'ivresse d'une nuit, de Kate Hewitt - N°4575

Abigail est stupéfaite. Devant elle se tient l'homme dans les bras duquel elle s'est abandonnée, six mois plus tôt, alors qu'elle se trouvait à Paris pour une série de concerts. Un homme qui l'a quittée au petit matin, sans même avoir la courtoisie de lui donner son nom. Malgré l'émotion qu'elle ressent en revoyant son amant d'une nuit, Abigail se jure aussitôt de résister, cette fois, à son charme ensorcelant. Pas question de le laisser la blesser de nouveau. Mais bientôt un doute s'impose à elle : et si cette deuxième rencontre n'était pas seulement le fruit du hasard ?